LE BARON GASTON DE FLOTTE

SOUVENIRS

POESIES

E. CAMOIN, LIBRAIRE   GARNIER FRÈRES, LIBRAIRES
Rue Cannebière, 15

M DCCC XVIII

SOUVENIRS

MARSEILLE

TYPOGRAPHIE ET LITHOGRAPHIE CAYER ET Cⁱᵉ

Rue Saint-Ferréol, 57.

SOUVENIRS

POÉSIES

PAR

LE BARON GASTON DE FLOTTE

Si les vers ont été l'abus de ma jeunesse,
Les vers seront aussi l'appui de ma vieillesse
S'ils furent ma folie, ils seront ma raison.
(JOACHIM DU BELLAY).

MARSEILLE
E. CAMOIN, LIBRAIRE
Rue Cannebière, 8.

PARIS
GARNIER FRÈRES, LIBRAIRES
Rue des Saints-Pères.

1868

SAINT-JEAN-DU-DÉSERT

E istinto di natura
l'amor del patrio nido. —
(MÉTASTASE).

Il est, près de Marseille, une calme vallée
De tous mes souvenirs, de mes rêves peuplée;
Quand je parcours les champs, et les bois, et les monts,
Un air limpide et pur dilate mes poumons,
J'en reviens chaque fois l'âme moins oppressée
Et le cœur enrichi d'une bonne pensée:
Images, vrais trésors que rien ne peut tarir,
Lieux chers où je naquis, où je voudrais mourir!
Quand je suis las des bruits qu'en courant fait le monde,
De ses systèmes faux et de sa boue immonde,

1

Des trafics sans pudeur, des encans, des longs cris,
Lorsque sur ce terrain mes pieds se sont meurtris,
Je viens revoir les champs amis de mon jeune âge,
Heureux et dernier but de mon pélerinage :
Tel l'oiseau, revoyant sa famille et son nid,
La colline, le ciel, l'arbre que Dieu bénit,
D'un hommage plus doux, d'une voix plus sonore
Rend grâce à ce Dieu bon que l'univers adore,
Au Printemps attendu *par qui tant d'exilés*
Dans les champs paternels se sont vus rappelés (1).

De ces lieux peu connus quel est donc le prestige?
Histoire ou Fable ici n'a laissé nul vestige,
Et pourtant la Provence offre à chaque canton
Marius écrasant le Cimbre et le Teuton,
Terre couvrant leurs os, immenses reliquaires,
Ce bonheur éternel des naïfs antiquaires,
Car, quelqu'endroit du sol que leur savoir fouilla,
Vous ne pouvez leur dire : Amis, ce n'est pas là !
Pour eux, partout Ambrons, Alains, race esclavonne
Ont rougi de leur sang et Jarret et l'Huveaune;

(1) Louis Racine. *(La Religion.* Chant premier).

Nous les verrons un jour exhumer, de concert,
Une bataille antique à Saint-Jean-du-Désert!
Moi, j'attends et j'espère une gloire si belle
Qui flattera mon cœur aux savants peu rebelle,
Car, depuis fort longtemps, je me suis fait la loi
De ne les regarder que des yeux de la Foi :
Tombes, arcs triomphaux, mamelons, pyramides
Qu'a laissés parmi nous le vainqueur des Numides,
Discutés pour leur âge et sous leurs mille aspects,
N'importe l'origine, ont droit à mes respects ;
Et si pour un Traitant *sans titre ni mémoire*
D'Hozier savait trouver *cent aïeux dans l'histoire* (2),
Sans doute on trouvera pour mon val ignoré
Quelque beau monument par la rouille sacré !

Maintenant, écoutez mes rimes descriptives :
— D'abord, c'est la colline aux courbes fugitives,
Et les bouquets de pins sur les plateaux semés,
Et les postes à feu du chasseur tant aimés :
Cinq heures, l'œil fixé sur une branche morte,
Guettant le moindre bruit que le mistral apporte,

(2) Boileau *(Satire V)*.

Du froid et de la faim il subit le frisson
Pour tirer, et — manquer un folâtre pinson.

L'église, qu'un cordon de rochers environne,
De la verte vallée est comme la couronne.
Oh ! que de fois l'artiste a saisi ses crayons,
Et du soleil couchant épié les rayons
Quand de ses derniers feux mourants il étincelle
Sur le sommet carré du clocher qui chancelle !...
— Entrez : — Nulle splendeur, point de vastes arceaux,
De piliers de granit, de cierges en faisceaux,
D'ogives, de festons, de vitraux, de treillages,
Ni d'anges encadrés dans des nids de feuillages,
Ni de preux chevaliers sur leur tombe affaissés,
Ni de saintes de marbre aux yeux doux et baissés ;
Mais quelques ex-voto de naïve peinture.
Le pavé raboteux, soulevé, sans jointure,
Fait hésiter le pied et brise les genoux.
Eh bien ! fils du vallon, c'est notre église à nous,
Et, sans ciboire d'or, sans rosaces, sans dôme,
On y prie aussi bien qu'à Saint-Pierre de Rome ;
Du pied du simple autel, de ce modeste lieu,
Nos cœurs savent aussi s'élever jusqu'à Dieu,
Même quand les chanteurs à la voix inégale

Répondent en latin au cri de la cigale,
Quand les faussets aigus, du dehors, du dedans,
Éclatent à la fois en cent modes stridents !

Devant l'église on voit trois mûriers poitrinaires,
Jeunes, et qu'on croirait quatre fois centenaires :
Leurs pieds sont dans le roc; —sans feuilles, leurs rameaux
De loin, par le chasseur, sont pris pour des cimeaux.
Mais qu'importe, après tout ! Sous nos soleils torrides
N'en est-il pas ainsi pour toutes nos bastides,
Et n'ont-elles pas l'ombre, ô propice destin !
De huit heures du soir à quatre du matin ?

Mon hameau n'est pas grand; —pour être peu nombreuses,
Ses maisons, loin du bruit, n'en sont pas moins heureuses;
Jamais les gouvernants, quels que soient nos budgets,
N'enfleront leur fortune avec de tels sujets :
Des statisticiens abrégeant les programmes,
La population est de trois à...... quatre âmes,
Et pourrait s'émeuter, refuser les impôts
Sans ruiner la France et troubler son repos.

C'est là que je suis né; voilà les lieux que j'aime !
Voilà tout mon bonheur, ma vie et mon poëme !

S'il m'eût fallu choisir, obscur ou glorieux,
Oh ! non, je n'aurais pas demandé d'autres cieux !

Et que de souvenirs ce frais vallon réveille !
Ici vécut Puget, diamant de Marseille :
C'est ici qu'il rêvait *Andromède* et *Milon*,
Qu'il pensait à doter Paris, Rome, Toulon
De mille monuments et de mille chefs-d'œuvre.
De l'Envie aussitôt se dressait la couleuvre,
Compagne de la gloire et du génie humain,
Quand il *sentait trembler le marbre sous sa main* !

Plus loin, dans une grotte, au bruit de deux fontaines,
Par ses alexandrins fils de Rome, d'Athènes
Et du vers de Méry *l'hémistiche vivant*,
Comme un astre nouveau sur nos jours s'élevant,
Rimait triste et pensif, le roi de la satire ;
Docile à cette voix sinistre qui l'attire,
Bien jeune encore, aiglon à l'œil vif et perçant,
Il essayait déjà son coup d'aile puissant,
Et des platanes grecs frémissant sur sa tête
Déjà tombaient pour lui la rime et l'épithète.
C'est de là qu'il partait, dans sa course indécis,
Pour chanter le Tabac, l'Empire et Némésis.

Combien de fois Méry, sur ma fraîche terrasse,
Improvisa des vers pleins d'esprit et de grâce,
Chanta la *mer qu'on voit, du seuil de ma maison,*
Etinceler au loin à l'immense horizon (1) !
Que de fois ses bons mots que sa verve nous lance
Ont de ma solitude enchanté le silence !
Autran et lui rêvaient à mes soleils couchants
Et, comme dans Virgile, ils alternaient leurs chants.

Reboul disait des vers qu'aurait signés Corneille ;
Mistral me présentait et sa Muse et Mireille,
Avant que Guttenberg eût mis sous tous les yeux,
En les éternisant, ces chants mélodieux.

Ici, d'Anacréon suivant le doux génie,
Digne héritier du luth de la molle Ionie
Que lui léguaient Bernard, Saint-Aulaire et Chaulieu,
Lantier des anciens jours fut le dernier adieu ;
C'est ici qu'Antenor cueillait pour sa bergère
Des bouquets embaumés d'une rime légère,
Et que, semant de fleurs ses faciles leçons,
Il disait ses amours, fredonnait ses chansons.

(1) Vers de Méry, dans une pièce à l'auteur.

Puis, l'ombrage qui plaît à ma source argentine,
Quand il était poète, abrita Lamartine :
Sous mon toit, dans mon val frais et silencieux,
Deux siècles à la fois ont passé sous mes yeux,
L'un avec ses ennuis, l'autre avec son sourire,
L'amant de Lasthénie avant l'amant d'Elvire :
Tels Horace et Virgile, ornant leur sein de fleurs,
Chantaient, l'un les plaisirs et l'autre les douleurs.
Voilà les souvenirs qui peuplent cet asile
Où m'appelle mon cœur, où mon âme s'exile,
Où, j'ai pu saluer, rêveur ou souriant,
Les siècles de Voltaire et de Chateaubriand.

Dans ma simple cabane, en poétiques trombes,
S'abattent chaque jour, comme un vol de colombes,
Peintres, Historiens, Philosophes, Rhéteurs,
Prêtres, nobles Soldats, Linguistes et Docteurs :
Tels autrefois les dieux, si l'on croit le poète,
Abaissant leurs regards jusqu'à notre planète,
Aimaient à visiter les plus obscurs mortels,
Les plus humbles, les plus fervents à leurs autels.

Si maintenant, amis, vous demandez encore
Pourquoi j'aime ce lieu que ma Muse décore

De fleurs, de diamants, — sans qu'il soit plus connu, —
Je ne dirai qu'un mot, mot naïf, ingénu,
Mais qui doit à lui seul résoudre le problème :
— Pourquoi j'aime ce lieu ? — Mais parce que..... je l'aime !

———————

CHATEAUBRIAND

(Pour le service funèbre célébré à Marseille, dans l'église des Prêcheurs,
le 26 avril 1848).

———————

Tout était vide et sombre : — au vaisseau plus de voiles;
Dans le cœur plus d'espoir, dans le ciel plus d'étoiles,
Car notre orgueil avait cueilli ces fruits de mort
Qui ne laissent que cendre, amertume et remord;
Nous suivions tristement, le deuil dans la pensée,
L'ornière par le sang et par le feu tracée;
L'art, notre gloire à nous, nous, jadis ses élus,
Astre de nos aïeux, ne nous éclairait plus :
Sous un souffle de mort tout s'écroule, tout tombe,
On insulte la Gloire, et l'Eglise, et la tombe,

Mais l'art ne peut périr, il est fils de la Foi :
Il attend un sauveur, — et le sauveur, c'est toi !
Tu parus : — d'un seul bond t'élançant dans l'arène,
Appuyant sur le Christ ta force souveraine,
Des choses du passé tu tires le ciment,
D'un nouvel avenir jettes le fondement,
Et le siècle étonné, qu'ont égaré les sages,
S'arrête dans la nuit, écoute tes présages,
Car tu lui dis, du faux perçant l'obscurité :
La Sagesse, c'est Dieu ! Dieu, c'est la Vérité !
Alors tout se réchauffe au foyer de ta flamme :
C'est un soleil nouveau, c'est une nouvelle âme,
Et l'art a rallumé son immortel flambeau :
— Plus sombre fut la nuit, plus le jour paraît beau ! —
En face de la croix tout grandit et palpite,
Vers elle tout s'élance et tout se précipite,
Comme vers le ruisseau qu'un pauvre pèlerin
Entendrait murmurer sous des zônes d'airain.
— Ah ! nous avions besoin, au bout de la carrière,
D'étancher notre soif d'amour et de prière,
De rencontrer enfin, sous nos cieux enflammés,
De fraîches oasis, des ombrages aimés !
— Ta poésie alors versa ces grandes ondes
Qu'Homère et qu'Isaïe épanchent si fécondes,

Double rayon que Dieu, par un secret dessein,
Pour enchanter le monde alluma dans ton sein;
Aussi, malgré l'orgueil, le crime et la démence,
Ta parole répand la fertile semence,
Elle germe, elle croit, — car tout homme ici-bas
Se rappelle ton nom et tes mille combats,
Ton âme que jamais mensonge n'a ternie,
Tes jours nobles et grands, dignes de ton génie,
L'un de l'autre garants, gage de vérité
Qui donne à tes leçons puissance et majesté.
Oui, tes mâles vertus sont aussi notre histoire;
Ton cœur écrit toujours la page expiatoire,
Et tu nommes le crime — et le crime est puni!.....

Du trône le chemin enfin s'est aplani,
Car César en stylet a changé son épée
Et sa main de héros d'un sang pur s'est trempée,
La nuit, à la clarté d'un lugubre fanal,
Et la France est le prix de ce pacte infernal!
— Toi seul, quand devant lui tout s'incline, s'efface,
Tu jettes l'anathème, et regardes en face!
Ainsi, mesurant l'homme à ton large compas,
Suivant comme un remords le crime pas à pas,
Pour tout usurpateur ta voix a des tonnerres;

Aigle, tu l'étreignais avec tes fortes serres,
Et, puisant dans la Foi ton courage indompté,
Tu jetais dans les airs un cri de Liberté !

Maintenant tout est dit ! Ta splendide lumière,
Hélas ! est remontée à la source première,
Vers le rayon divin dont ton cœur fut formé !
Mais tu priras pour nous, nous, qui t'avons aimé !
Depuis l'heure où, quittant la hutte du sauvage,
Abordant, l'œil en feu, le paternel rivage,
De Dieu même insulté tu vins venger l'affront,
Du rayon de Moïse illuminer ton front,
Jusqu'au jour où, si grand dans ta calme vieillesse,
Doucement tu t'éteins dans ta gloire, qui laisse
Partout où tu passas un sillon radieux,
Oui, nous t'avons aimé, cygne mélodieux !
Nous avions adopté les enfants de tes songes,
Alors que, nous berçant de sublimes mensonges,
Nous suivions par le cœur sur tes pas entraîné
Cymodocée, Eudore, Amélie et René;
Et nous nous abreuvions aux flots de poésie
Qu'à ton âme versaient l'Amérique et l'Asie,
Homérique chrétien, quand ton pied visita
La hutte du Sachem, Sparte et le Golgotha !

Tu partageais nos jours ou de deuil ou de fête ,
Tu promenais sur nous le regard d'un Prophète ;
Instruit par le passé, fidèle au souvenir,
Inspiré doublement, tu lisais l'avenir.
Le vice et son orgueil, l'homme et sa petitesse
Avaient rempli tes jours d'ineffable tristesse ;
Tes pieds s'étaient meurtris aux cailloux du chemin ;
Las du pèlerinage et du spectacle humain ,
Du glorieux fracas d'une vie éclatante,
Paisible, tu t'endors à l'ombre de ta tente
Comme , après la journée , un noble moissonneur,
Et tu poursuis là-haut tes hymnes au Seigneur !

Oh ! pour tous tes bienfaits grâce te soit rendue !
Dans un siècle de mort ta voix fut entendue,
Mais tu laisses, hélas ! tes labeurs incomplets !
Tu nous illuminas de célestes reflets,
Mais nous avions besoin de tes leçons encore ,
De ce zèle de Dieu qui réchauffe et dévore,
De cette Poésie aux forts enseignements
Qui dore l'avenir de ses rayonnements.
Un monde corrompu sur sa base s'écroule ,
L'édifice honteux chancelle, tombe et roule
Sous le souffle de l'homme et le souffle de Dieu ,

Mais le Mal pour toujours nous a-t-il dit adieu ?
Ah ! si notre prière eût prolongé ta vie
Ta main eût retenu notre char qui dévie,
Et le peuple vainqueur eût reconnu ta voix,
Car de ses bras, un jour, il te fit un pavois.
Sans doute tu dirais : Notre grande patrie
N'est pas une marâtre, une sombre Furie;
D'un regard maternel elle suit ses enfants,
Les presse avec amour dans ses bras triomphants.
Des peuples ébranlés elle veut l'équilibre,
Une Justice juste, une Liberté libre,
Que les mots généreux inscrits sur ses drapeaux
A tous donnent bonheur, gloire, droit et repos.
Tu nous dirais, de haut dominant les orages,
Et l'humaine raison et ses tristes naufrages,
Ses écueils et ses flots l'un par l'autre heurtés,
Ses lambeaux tout-à-coup par le vent emportés,
Ses luttes, ses débris roulés par la tempête,
Ses erreurs du passé que l'avenir répète,
Ses systèmes, ses lois, ses symboles, ses dieux....
Et puis, la vérité dont la clef est aux cieux !
Tu nous diras encor : Dans le Christ seul est gloire,
Justice, Liberté; — pour aimer il faut croire !
— Sur tes lèvres de feu ces mots retentissants

Sauveraient le pays de malheurs incessants.
Mais ta voix est éteinte, et la tombe est fermée,
Ta poétique voix noble et toujours aimée,
Ta tombe qu'en passant les générations
Couvriront tour-à-tour de bénédictions !

Nous, fils de la cité presque napolitaine,
Jadis la sœur de Rome et l'émule d'Athène,
Dont les échos aimés ont redit tant de noms,
Nous comprenons la gloire, et nous nous souvenons :
Avec sa lyre d'or et de fleurs couronnée
Homère a parcouru la Méditerranée,
La Muse de Platon, qu'on écoute à genoux,
A baigné ses regards des mêmes feux que nous.
On a vu sur nos bords Byron, le Tasse et Dante,
Promener leurs ennuis et leur chimère ardente;
De la vieille Phocée hôtes mélodieux,
Ils mariaient leur voix aux flots harmonieux.
Toi-même, sous nos pins, ou rêveur sur nos plages,
Suivant de l'œil les mâts, les barques, les sillages,
Tu savais que la ville où luit tant de soleil,
Des arts longtemps éteints épia le réveil,
Et, dès les premiers jours, de soi-même maîtresse,
Ne dégénéra point de sa mère, la Grèce.

Marseille, fière encor de son hôte immortel,
Se donne rendez-vous en face de l'autel
Pour pleurer, pour bénir celui dont le génie
Retira du tombeau la France rajeunie,
Quand il montrait, fidèle au peuple comme aux rois,
La Liberté pour but, et pour appui la Croix !

Maintenant, si le flot rugit et se tourmente
Emportant dans son cours lois, sciences et mœurs,
Dans nos jours désolés si la haine fermente,
Si l'univers s'emplit de sang et de clameurs,
O maître ! nous irons, fidèles à ta gloire,
        Le cœur ému de ta mémoire
Et mouillant de nos pleurs ton linceul de géant,
Visiter, frémissant au contact électrique,
        Ta tombe aux champs de l'Armorique
        Entre le ciel et l'Océan !

ODYSSÉE

Voyage d'un Poète de sa mansarde à l'hôtel de la Préfecture.
(1849).

———

On me disait : Pourquoi vivre en sauvage?
Ne vois-tu pas resplendir l'âge d'or?
Le peuple, enfin, brise son esclavage,
Il se réveille et reprend son essor.
Le temps n'est plus où, pour leur rendre hommage,
Dans les salons des grands on s'étouffait ;
Du peuple seul un Préfet est l'image.....
    Va donc voir Monsieur le Préfet !

Moi, je les crus ; — moi, pauvre solitaire
Fort ignorant du programme des cours,

Et dont jamais roi, prince, dignitaire,
Tout en bâillant, n'écouta les discours.
— J'appelle en aide aux grâces rajeunies
Mon chapeau neuf, mon habit le mieux fait,
Des gants glacés et des bottes vernies,....
        Je vais voir Monsieur le Préfet.

Mais en tremblant je marchais, je l'avoue,
Car je craignais pour mes habits si beaux
Sur le trottoir la poussière ou la boue,
Ou quelque accroc qui les mit en lambeaux.
— Quand je partis, c'était la dixième heure ;
J'avais un air superbe et satisfait,
Car je quittais ma modeste demeure,
        Allant voir Monsieur le Préfet.

Je m'admirais, quand, au coin d'une rue,
Fatal bonheur ! je rencontre un ami
Pour déjeuner cherchant une recrue ;
Il tente, hélas ! mon cœur mal affermi :
« Viens, me dit-il, retarde ta visite,
« Le jour est long... » — J'ai le temps, en effet ;
Çà, déjeunons ; je pourrai mieux ensuite
        Aller voir Monsieur le Préfet.

Je trouve là de fort joyeux convives :
La bonne chère et les vins excitants,
Les gais propos, les épigrammes vives
Firent durer le repas très longtemps.
A tout moment cependant je tressaille,
Au fond du cœur le remords triomphait,
— Dépêchons-nous, amis, il faut que j'aille
    Visiter Monsieur le Préfet.

Mais on se moque, on m'impose silence :
Voyant la chose et que rien ne me sert,
Noble martyr, je me fais violence,
Et, sans adieu, je m'éclipse au dessert.
Mon œil se fixe au pavé que j'effleure,
On m'aurait cru coupable d'un forfait,
Tant je courais..... craignant de manquer l'heure,
    L'heure de Monsieur le Préfet !

Ciel ! tout-à-coup que vois-je sur la place !
Oh ! que de cris ! que de têtes en l'air !
Sur un tréteau c'est mon ami Paillasse,
Tournant, sautant, passant comme l'éclair,
Des gens du jour symbolique éternelle !
— Un peu plus loin, gras, bossu, contrefait,

Nazille et pleure et rit Polichinelle....
    Allons voir Monsieur le Préfet !

Un seul coup d'œil, et je pars vite, vite ;
Oui, mais, hélas ! dès mes plus jeunes ans
Ce grand acteur m'intéresse et m'invite
Par ses propos, ses gestes séduisants !
D'où peut venir ce charme ? — Je l'ignore,
Je le regarde, ébahi, stupéfait,....
Plus qu'un moment, une minute encore,
    J'irai voir Monsieur le Préfet.

Depuis longtemps la minute est passée,
Et comme un sot je reste planté là ;
Je ne sais point si l'heure est avancée,
La passion toujours nous aveugla !
Mais mon héros à la fin se retire :
Oh ! dans ses jeux comme il philosophait !
Quelle leçon ! quelle verte satire !....
    Je cours chez Monsieur le Préfet.

Droit à mon but, et que rien ne m'arrête !
Ainsi qu'un fou je brûle le pavé....
Quand, près de moi, j'entends crier : « Poète ! »
Quel contre-temps ! J'étais presque arrivé !

— Dans un landaw je vois de belles dames,
Sur leurs albums j'ai commis maint méfait...
— Ah ! dussiez-vous m'accabler d'épigrammes,
     Je cours chez Monsieur le Préfet !

— « Venez, Monsieur ; venez, la mer est belle,
« Vous nous direz quelques-uns de vos vers. »
— A de tels mots un poète rebelle
Se trouve-t-il dans tout cet univers ?
Mais au retour j'irai, je vous le jure
(Que de bonheurs ! mon jour sera parfait),
N'en doutez point, ce serait une injure,
     J'irai chez Monsieur le Préfet.

La brise est fraîche, et nous quittons la plage ;
La rêverie est assise avec nous ;
D'un œil ému nous suivons le sillage,
L'air parfumé nous arrivait si doux !
Nous nous bercions sur la vague assouplie
Qu'un beau rayon de soleil réchauffait.....
O vaste mer ! Ne crois pas que j'oublie
     D'aller voir Monsieur le Préfet.

Alors deux sœurs, de leurs notes perlées,
Viennent charmer les échos attentifs ;

Leurs pures voix d'émotion voilées
Nous ont ravis à leurs sons fugitifs ;
Le vent jaloux disperse dans l'espace
Ces doux accents, du ciel charmant bienfait,
Et je me dis, pendant que l'heure passe :
    J'irai voir Monsieur le Préfet.

Et nous voguons jusques à la nuit close ;
Tous mes regrets deviendraient superflus :
Vous le savez, en vain l'homme dispose.....
— Quant à mes vers, elles n'en parlaient plus !
Mais ce n'est point là ce qui me désole,
Mon beau serment comme un poids m'étouffait.....
— Un autre jour, et cela me console,
    J'irai voir Monsieur le Préfet.

J'irai le voir....., lorsque dans ce bas monde
Nous n'aurons plus ni tréteaux ni dîné,
Ni l'harmonie enivrante et féconde,
Ni ces beaux yeux qui m'ayaient fasciné ;
Lorsque la mer ne sera plus splendide,
Lorsque mes vers produiront quelque effet,
Je vous le dis, moi, qui suis si candide,
    J'irai voir Monsieur le Préfet !

VOYAGE A VENISE

(Avril 1851).

Reproduit des journaux de l'époque, entre autres de l'*Opinion Publique*, du 21 juin 1851.

———

A vous, les compagnons de mon pélerinage,
Dont l'horreur du mensonge est le noble apanage
Et dans l'âme de qui vit, toujours respecté,
Le droit de la Justice et de la Vérité !
A vous, qu'avec orgueil je guidais, quand Marseille,
Que l'amour du pays électrise et conseille,
Vous envoyait naguère en sainte mission
Près du nouveau David qui doit sauver Sion !
De si loyaux Français j'accepte le contrôle :
Vos paroles, amis, soutiendront ma parole

Ensemble nous dirons si le Fils de nos Rois
Est digne de la France, et digne de ses droits !

— Nous partons, — et bientôt la côte d'Italie
A nos regards charmés se plie et se replie ;
Ses ondulations déroulaient à nos yeux
Les rivages riants, sereins, aimés des cieux,
Les palmiers, les villas, les dômes, la colline
Qui vers les flots d'azur s'arrondit et s'incline,
Et la brise embaumée avec mille senteurs
Envoyait à la fois mille noms enchanteurs,
Albenga, San-Remo, Noli, Savone, Oneille,
Noms doux au souvenir, ravissants à l'oreille,
Mêlés par le poëte à ses longs rêves d'or,
Que je reconnaissais, — sans les connaître encor

— Et Gênes tout-à-coup, Gênes superbe reine,
Se mirant dans les flots, gracieuse syrène,
Fait briller au soleil son phare, ses clochers,
Son golfe, ses jardins suspendus aux rochers,
Où l'artiste s'endort au doux bruit des cascades,
Ses marbres festonnés arrondis en arcades,
Ses rosiers, ses jasmins, ses pins, ses citronniers,
Qui frissonnent d'amour aux souffles printaniers !

— Eh bien ! tous ces palais, ces temples, ces musées,
Ces merveilles de l'art presque divinisées
De l'admiration reçoivent le tribut,
Mais sans nous arrêter..... Là, n'est point notre but !

— Voici Milan, la ville aux terribles épreuves
Qui, de son deuil voilée, assise entre deux fleuves
Encombra de ses morts le Tessin et l'Adda
Quand tour-à-tour la peste aux guerres succéda ;
Mais il lui reste encor plus d'une gloire aimée :
Puissent ses protecteurs, Ambroise et Borroméo,
Détourner de ses murs les fléaux dévorants,
Guerre civile, peste, assauts et conquérants !
— Voici Milan, Milan, la grande capitale,
Avec ses clochetons, avec sa cathédrale.....
Tout le génie humain ici se révéla.....
— Passons, amis, passons ; — Ce n'est point encor là !

— Bergame, Brescia, Peschiera désolée,
De balles, de boulets encor toute criblée ;
Vérone, et son arène où la foule au hasard
Suivait ceux qui mouraient en saluant César ;
Vérone, et le tombeau de cette Juliette
Qu'en son manteau de gloire entraîna le poète :

Et Vicence, et Padoue, héroïques cités
Qui, sous le plus beau ciel, étalent leurs beautés !

— C'est bien Venise, enfin ! — Venise, notre attente,
Qui nous apparaissait dans nos songes, flottante,
Dominant sur les mers et le front radieux,
Pour qui le sol natal s'éloigna de nos yeux !
— Mais que font son passé, ses doges et leur gloire,
Son Lion de Saint-Marc trahi par la victoire,
Ses lagunes, ses ponts, ses îles, ses tableaux,
Ses palais dont les pieds se baignent dans les flots,
Les œuvres du Titien, de Carrache, du Guide ?
Autre pensée, amis, nous absorbe et nous guide ;
Plus tard nous reviendrons, après d'autres grandeurs,
En ployant les genoux admirer ces splendeurs !

— Oh ! c'est lui ! — C'est le roi ! — C'est l'histoire incarnée
Qui de notre avenir porte la destinée,
Car le jour brillera : — Les peuples salûront
Quinze siècles noués tout autour de son front,
Eclatant diadème, immortelle couronne !
Comme un nuage d'or le passé l'environne :
Il résume à lui seul, dans sa mâle beauté,
Victoires, paix, grandeurs, justice et majesté !

— Nous nous en souvenons ; — Un jour, un jour de fête
Où l'ange du Dragon acheva la défaite,
Une voix retentit : « Un enfant nous est né ! »
— Aux marches de l'autel le peuple prosterné
Porte ses vœux d'amour, sa joie et son délire,
Sur le front de l'enfant du martyr semble lire
Un présage fécond et régénérateur,
Car un souffle a passé, souffle réparateur :
Il épure les airs, il apaise l'orage,
Il arrache l'épave aux débris du naufrage,
Inspire à tout un peuple empressé de bénir
L'oubli de tous ses maux, la foi dans l'avenir.
— Oh ! ce fut un beau jour prédit par les oracles !
L'Enfant-Sauveur caché dans les saints tabernacles,
Le fils de Saint Louis et de Robert-le-Fort
Triomphait du poignard, du Mal et de la Mort !
Autour de son berceau les sublimes poètes
Rendaient grâce à Celui qui calme les tempêtes ;
Dans leurs vers inspirés ils mêlaient un doux nom
Aux clameurs de la foule, à la voix du canon.
Jamais la Muse, alors et pieuse et fidèle,
Ne leur dicta des chants plus beaux, plus dignes d'elle,
Ni leur génie aimé qu'inspirait un Enfant
N'avait porté plus haut son essor triomphant !

— Mais avec la puissance ils changèront de rôles :
Un jour, tout disparut, serments, hymnes, paroles !
Ah ! ne les blâmons pas, ces nobles courtisans,
Car leur fidélité devait durer dix ans :
Dix ans, c'est un peu long, et la Muse est légère;
Cueillant de toute fleur la beauté passagère,
Elle nous reviendra : — nous la verrons encor
Vers d'autres horizons diriger son essor.
— Hélas ! tout disparut ! — Dans le ciel plus d'étoile !
Comme une veuve en deuil la France qui se voile
Prie aux pieds des autels, attendant son salut
De l'Enfant consacré que le Seigneur élut.....

Alors un coup de foudre éclate sur nos têtes,
Ceux qui semaient le vent recueillent les tempêtes,
La France partagée en mille et mille camps
Reste à peine debout sur le sol des volcans !
On a voulu fonder un trône aléatoire
Et nous recommençons notre ère expiatoire,
Mais, malgré la Terreur et le droit au fusil,
Le salut nous viendra de la terre d'exil.
— Voyez à quelle main le Seigneur la confie !
Du Dieu qui tour-à-tour abaisse et glorifie
Nous ne pouvons, hélas ! sonder les profondeurs,

Mais sur un front jamais mit-il plus de grandeurs?
En attendant le jour qui sauve et qui console,
A défaut de couronne il donne une auréole,
Dans ces yeux que jamais ni pinceau ni crayon
Ne saura reproduire, il allume un rayon;
Il répand à la fois sur sa noble figure
La grâce et la grandeur de merveilleuse augure;
La beauté des Bourbons, la fierté des aïeux
Et les longs souvenirs d'un passé glorieux;
Que le nom d'un Français, que la bonté l'inspire,
C'est le regard d'un roi, d'un ami le sourire.
— Serait-ce en vain que Dieu, le sauvant du tombeau,
De cette intelligence alluma le flambeau?
De tant de Fils de rois brisés par les orages
Pourquoi donc seul est-il échappé des naufrages?
Pourquoi, quand un Pays marche vers son déclin,
Cherche-t-il du regard un proscrit orphelin?
D'où vient que de nous tous l'inquiète pensée,
Républicains ou non, sur lui se soit fixée?
Quelque bandeau fatal dont les yeux soient voilés
On ne brisera point les siècles écoulés;
Du mensonge orgueilleux qu'on sonne la victoire,
Qu'en un lit de chaux vive on étende l'histoire,
De sa baguette d'or l'austère vérité

La relève, et lui rend toute sa liberté !
Oubliez ce qu'était la France à son aurore,
Que de temps il fallut pour qu'on la vit éclore
A l'ombre de l'épée, à l'ombre de la croix ;
Oubliez que la France est fille de nos rois,
Quels efforts dut coûter, d'Hugues à Louis-Seize,
Le long enfantement de la grandeur française !
— Nos rois rendaient au monde, héritiers des Césars,
Le sceptre des guerriers et le flambeau des arts ;
C'étaient le Grand, le Fort, le Bien-Aimé, l'Auguste,
Le Père, le Martyr, le Bon, le Saint, le Juste :
Ils délivrent du Christ le sépulcre insulté,
Sur les murs de Sion l'étendard est planté ;
Ils foulent sous les pieds la torche du Barbare,
Et toujours et partout leur main venge et répare ;
Ils se succèdent forts, nobles, resplendissants
Comme les flots aux flots depuis quinze cents ans.
Si du doigt l'étranger touche à notre bannière,
Alors, comme un lion secouant sa crinière,
Nos rois, toujours debout à l'heure du danger,
Ecrasent dans leur bond l'insolent Etranger,
Car ils sont les gardiens de la terre enchantée
Par la Foi, par la Gloire et par Rome enfantée !
Au pays qu'ils ont fait du globe souverain

Ils donnent un front d'or, une base d'airain,
Et le pays bientôt, dans son essor sublime,
Egale, sous leurs lois, Rome, Athènes, Solyme ;
L'univers qui s'arrête au point que nous fixons
Triomphe à nos succès, meurt si nous périssons !
De l'immortalité magnifiques présages,
Guerre, sciences, mœurs, arts, lois, trésors des sages,
Par les Peuples éteints à nos Rois confiés
Ont rayonné plus beaux, par eux purifiés :
La nuit, vous le savez, fut longue, triste et sombre,
Mais ils tendent la main au navire qui sombre ;
Contre le nom Français, digne et sublime écueil,
Des siècles écoulés vient se briser l'orgueil !
— Eh bien ! effacez tout ; — Rayez de vos mémoires
Héros, rois et martyrs, toutes nos vieilles gloires,
Couvrez-les à jamais de funèbres linceuls,
Que l'histoire commence où vous commencez seuls,
Vous n'empêcherez point qu'Henri suivant leur trace
Ne soit le digne Fils de cette noble race,
Que, comme le soleil à l'aube se levant,
Son nom dans bien des cœurs ne soit resté vivant,
Que la France à genoux n'ait béni sa naissance
Avec des chants d'amour et de reconnaissance,
Qu'elle ne vole encore à l'horizon lointain

Poindre les premiers feux d'un lumineux matin :
Elle sait que de Dieu la suprême sagesse
Ne verse pas pour rien ses dons avec largesse,
Qu'il les garde avec soin pour les jours qui viendront ;
Elle sait ce que Dieu mit dans ce noble front :
La justesse d'esprit pénétrante et profonde,
Cet ardeur du travail qui mûrit et féconde ;
Elle sait ce que Dieu mit dans ce noble cœur
Comme en un vase saint une pure liqueur :
L'oubli des ennemis, le culte de la France,
Pour le peuple souffrant des vœux de délivrance,
Ces projets d'avenir, ces généreux élans
Signes prédestinés des forts et des vaillants !

— Vous le savez aussi, pèlerins de Venise !
Vos souvenirs aimés, que le cœur éternise,
Rappelleront toujours son exquise bonté,
Son œil plein d'énergie et de limpidité,
De sa loyale main le contact électrique ;
Comme il juge de haut le rêve chimérique
Qui d'espoirs mensongers berce l'esprit humain,
Merveilleuse promesse, hélas ! sans lendemain,
Symboles ténébreux et chaos sans issue
Qui laisseront toujours l'âme triste et déçue ;

Mais aussi vers le bien ses aspirations,
Amour pour le progrès pur et sans fictions,
Et comme, nuit et jour, penché sur le problème,
Consacrant sa pensée à ce peuple qu'il aime,
Il laisse les jongleurs, drapés dans leurs manteaux,
A leur propre raison dresser des piédestaux !

— Allez, nobles amis : — Dites que pour la France
Vous avez amassé des trésors d'espérance,
Qu'à vos yeux l'avenir n'inspire plus d'effroi
Depuis qu'heureux et fiers, vous avez vu le Roi !
— Dites dans votre simple et si loyal langage,
Que l'Orphelin proscrit du salut est le gage,
Que Dieu met le salut des Peuples et des Rois
Tantôt dans un berceau, tantôt dans une croix !

BÉNÉDICTION

DE LA CLOCHE DE L'ÉGLISE DE SAINT-PIERRE

PRÈS MARSEILLE.

———

Bronze, dont la voix solennelle
Va porter au loin sur son aile
Un doux signal aux cœurs pieux,
Des lieux franchissant la barrière
Ne chante que pour la prière,
La prière est fille des cieux !

Que tes parois retentissantes
N'enferment de notes puissantes
Que pour louer et pour bénir,

Et que ton harmonie ailée
Aux fils heureux de la vallée
Ne parle que pour les unir.

Que jamais le tocsin sonore
Comme une flamme qui dévore
Ne puisse jaillir de tes flancs !
Réserve tes accents mystiques
Pour l'heure des pieux cantiques,
Pour les cœurs blessés, chancelants !

Que chacun s'agenouille et prie :
Que l'âme par le mal flétrie,
L'âme pure comme un beau jour,
Le vieillard aux bords de la tombe,
Le doux enfant, blanche colombe,
Rêvent à ces hymnes d'amour.

Pour la joie et pour la souffrance,
Pour le deuil et pour l'espérance
Verse à flots d'angéliques sons,
Pour celui qui n'a plus qu'une heure,
Pour ceux que le souvenir pleure
Et qui dorment sous les gazons !

Chante de ta voix souveraine
Pour ta gracieuse marraine,
Pour le prêtre à l'autel lié
Recueillant le bon grain qu'il sème,
Pour tous ceux que le Seigneur aime,
Et pour ceux qui l'ont oublié!

Chante, chante cloche bénie!
Répands ta vibrante harmonie
Pour le noble et pieux parrain
Dont le nom gravé sur ton faîte
Volera, dans les jours de fête
Avec l'écho de ton airain!

Pour celui qui, versant l'eau sainte,
Sur cet airain laisse l'empreinte
Qui le rend à nos yeux sacré;
Pour le jeune et fervent lévite
Dont la parole d'or invite
Au bonheur par Dieu préparé.

Oh! que ta voix chasse l'orage,
Aux cœurs inspire le courage
De subir les maux d'ici-bas,

Qu'elle dise : La Foi préserve,
Et Dieu là-haut tient en réserve
La couronne après les combats !

16 février 1852.

APRÈS UNE LECTURE

DES LETTRES DE RACINE A SON FILS.

———

L'univers connaît le poète
Dont le cœur sut aimer le mieux,
Partout chaque lèvre répète
Ses vers doux et mélodieux :
Contre sa gloire le temps s'use ;
Antique et française, sa muse
Traça de lumineux sillons,
L'azur étoilé de sa robe
Flottera toujours sur le globe
Illuminé de ses rayons.

Jamais, non, jamais l'âme humaine
N'exhala de plus beaux accents;
Il avait pris pour son domaine
Les secrets des cœurs gémissants :
Les grands noms de Rome et d'Athènes,
Femmes, héros, rois, capitaines
Par son art renaissent au jour;
Des mots épuisant la magie
Sa voix soupire l'élégie
Immortelle comme l'amour!

Puis, c'était la voix des Prophètes
Retentissant dans le Saint-Lieu,
Tonnant sur l'impie et ses fêtes,
Proclamant le nom du vrai Dieu;
Puis encor, de pieux cantiques,
Des hymnes aux strophes mystiques
Qui montent, pur et doux encens,
Comme un chef-d'œuvre expiatoire
Du poète pleurant sa gloire
En mille modes ravissants !

Un jour, d'un crêpe enveloppée,
Sa harpe aux accords immortels
Tomba, de ses mains échappée,

Brisée aux marches des autels :
Seul le chrétien vivait encore,
Le père dont le cœur implore
L'amour de Dieu pour ses enfants,
Craignant pour des têtes si chères
Les illusions mensongères
Et les faux rêves triomphants.

Alors, tout au Seigneur, aux soins de la famille,
Son cœur et son regard accompagnaient sa fille,
Le front pur et voilé, quittant un monde vain
Pour les choses d'en haut, pour un époux divin,
Et, débordant d'amour, mélancolique ivresse,
Son âme se fondait d'ineffable tendresse,
Et mesurant le temps avec l'éternité
Il appelait sa gloire erreur et vanité !
Le siècle qui le pleure à ses jeux le convie,
Mais à son fils aimé donnant toute sa vie,
Lui, que tout l'univers naguères écoutait,
Pour tout autre qu'un fils se dérobe et se tait :
Alors naissent, sans art, simples, non méditées,
Ces lettres que la foi, que l'amour ont dictées,
Ces conseils d'un grand homme et d'un père pieux,
Qu'on lit avec le cœur et les larmes aux yeux.

On avait vu sur le théâtre,
Vainqueur des Grecs et des Romains
Son nom que la foule idolâtre
Couvert de battements de mains :
On l'avait vu, rêveur sublime,
Unir Rome, Athènes, Solime
Dans ses vers purs, nobles et doux,
Quand parfum, lumière, harmonie
Découlaient de son beau génie,
Urne qui s'épanche sur nous !

Oh ! qu'il paraît plus grand, qu'il est plus sympathique
Lorsque, veillant auprès du foyer domestique,
De ceux qu'il aimait tant, le soir, environné,
Il s'adressait au fils vers le monde entraîné
Et qui, rêvant déjà la gloire paternelle,
Déjà comme l'aiglon essayait sa jeune aile :
« La gloire, mon enfant, est pleine de douleurs,
« Sa conquête est fatale et coûte bien des pleurs !
« Elle ne vaut jamais les plaisirs qu'elle donne.
« L'homme, à d'autres qu'à soi, rarement la pardonne,
« Puis, souvent elle aveugle et fait oublier Dieu ;
« On peut perdre son âme à ce terrible enjeu !
« — Lis les chants inspirés d'Euripide et d'Homère,

« Mensonges immortels, merveilleuse chimère,

« Mais qu'ils ne fassent pas le plus cher entretien

« D'un cœur purifié par le souffle chrétien.

« — Ta sœur que nous aimons, cœur vierge, âme d'élite,

« A pris le bandeau saint : — l'obscure Carmélite

« A choisi le plus sûr et le meilleur des lots ;

« Et moi, je ne pouvais étouffer mes sanglots,

« Mais que j'aurais donné ce qu'on appelle gloire

« Et ce nom dont peut-être on garde la mémoire,

« Les triomphes, les cris, les applaudissements,

« Pour un de ses transports, de ses ravissements !

« — Quel que soit le destin que l'avenir t'impose,

« Fais le bien, sers ton roi, crains Dieu sur toute chose,

« Et si la Muse aussi te visitait un jour

« Qu'elle soit espérance, élan, prière, amour !

« Dans les siècles d'erreur, de lâche apostasie,

« Fais remonter au ciel la sainte Poésie :

« Le poète a son but, l'art a sa sainteté,

« Le Génie est l'éclair de la Divinité ! »

— Puis, c'était de ces mots comme en écrit un père,

Que dicte la sagesse et que l'amour tempère,

Ces mots venus du cœur, mots simples et touchants

Guidant le jeune fils aux studieux penchants,

De pieuses leçons, des conseils sur l'étude,

Des encouragements pleins de sollicitude,
Des nouvelles sans fin de la mère et des sœurs,
Les soucis du foyer, ses jeux et ses douceurs ;
Grandeur, naïveté, merveilleux assemblage,
Du poète divin sublime enfantillage,
Parfum charmant qui fait rêver les cœurs saisis,
Dons que le ciel réserve à ses hommes choisis !

Eh bien ! nous préférons aux rayons de ta gloire,
A tes œuvres, de l'Art illuminant l'histoire,
A tes vers immortels qui dominent les temps,
Qui ruissellent sur nous en soleils éclatants,
Nous préférons ces jours où ta lyre muette
De ton cœur trop aimant n'était plus l'interprète,
Mais où, penchant le front aux pieds du crucifix,
Pleurant sur le passé, tu priais pour ton fils !
Loin du monde attristé qui t'aime et te réclame
Dans de doux entretiens versant toute ton âme,
A l'œil qui te mesure, au cœur qui te comprend,
Tu t'abaisses, poète, et tu parais plus grand !

Dieu n'a pas créé le génie
Pour répandre sur le chemin
Des flots de frivole harmonie,

Echo qui fuit sans lendemain,
Ni tous ces diamants stériles,
Ces jouissances puériles,
Charme vain, poussière d'un jour,
Dont rien ne survit à la tombe
Lorsque dans le gouffre où tout tombe
Le génie arrive à son tour.

Non : lorsqu'il attache une flamme
Au front par lui-même choisi,
Que d'un souffle il embrase l'âme,
L'appelle, et lui dit : Me voici !
C'est afin qu'à l'ange pareille
L'âme sainte prête l'oreille
A la voix qui lui vient des cieux,
Que, regardant en elle-même,
Elle bénisse Dieu qui l'aime,
L'adore et le comprenne mieux !

Une simple larme qui baigne
Les pieds divins a plus de prix
Que l'intelligence qui règne
Sur le domaine des esprits ;
Voilé d'amour et de mystère,

Le contemplateur solitaire
Est plus grand, penché vers l'autel,
Que, dans ses glorieux royaumes,
Le poète admiré des hommes
Qu'il ravit d'un chant immortel !

***. . . . .

———

O mon Dieu ! je la vois encore
Riant, jouant parmi les fleurs,
Avec celle qui vient d'éclore
Luttant de grâce et de couleurs !

Chassant les vertes demoiselles
Et les papillons diaprés,
Elle essayait ses jeunes ailes
Dans les champs, les bois et les prés

Elle se prenait à la vie
Qui ne lui dit pas son secret,

*** . . . .

Pauvre enfant !.... si digne d'envie
Et que tant d'amour entourait !

Sous les baisers épanouie
Elle embellissait chaque jour....
O vision évanouie !
O rayon éteint sans retour !

Tout-à-coup, sa tête penchée
S'incline, faible et sans couleur,
Car un souffle l'avait touchée,
Le ver avait piqué la fleur !

En proie à la souffrance amère,
Un doux sourire commençait
Quand elle regardait sa mère
Ou quand au ciel elle pensait.

Aussi Jésus lui dit : « Ma Fille ! »
Et, l'accompagnant au tombeau,
De peur que son pied ne vacille,
Du dernier jour fait le plus beau !

Douce envers le mal, recueillie,
Les yeux attachés sur la croix,

Jésus sur sa lèvre pâlie
Descend pour la première fois :

Et ce fut aussi la dernière !
Doux parfums, soleil radieux,
Chants d'oiseaux, brise printanière
Vous l'accompagnâtes aux cieux !

Elle se réunit aux phalanges
Qui suivent ou guident nos pas ;
Au milieu de ses sœurs, les anges,
Elle se souvient d'ici-bas :

Elle se souvient ! — Elle prie,
Et sa prière, doux trésor,
Descend de la Sainte Patrie
Dans les cœurs brisés par sa mort ;

Elle songe à sa pauvre mère
Pour l'avenir croyant semer,
Qui n'embrassa qu'une chimère
Et n'eut que le temps de l'aimer !

A son Père, que le mal plie,
Dont le cœur souvent palpita

***. . . . .

Au touchant miracle d'Élio
Chez la veuve de Sarepta !

. . . .
. . . .
. . . .

Belle jusqu'alors, la nature
Sembla prendre un voile de deuil,
Pleurer aussi l'Enfant si-pure
Dont nous suivîmes le cercueil.

Au milieu des fleurs, ses compagnes,
Des champs, de la senteur des bois,
Elle voulut mourir !..... Les campagnes
L'ont vue une dernière fois :

Le triste convoi les sillonne
Et, pour obéir à leur deuil,
La pluie affaisse la couronne,
Les roses, les lis du cercueil.

Puis, tout fut dit ! — Blanche colombe,
Elle dort un sommeil béni

Sous la pierre qui la surplombe,
Dans les rêves de l'Infini.

Des lieux franchissant la barrière
Son âme erre encor parmi nous,
Joint sa prière à la prière,
Sous les ifs, pleurée à genoux.

Elle vient..... de son aile blanche
Éclaire le ciel triste et noir,
Effleure le front qui se penche,
Le relève, et murmure : ESPOIR !

(Le lendemain du convoi).

A VOLTAIRE

O roi du dernier siècle ! O grandeur éclipsée !
Le monde, soixante ans, vécut de ta pensée,
Prosterné devant toi , nul n'était immortel
S'il ne fesait fumer l'encens sur ton autel,
Et tu marquais des coups de ton fouet satirique
Tout auteur repoussant ce culte idolâtrique ;
Les plus hauts souverains et les plus plats rimeurs
De la gloire déjà savouraient les primeurs
Si , rieur éternel, mais fidèle au système ,
Un compliment moqueur leur donnait le baptême.
Protégé de ton nom , riche de ton billet ,
Pour la postérité chacun appareillait ,

Mais, hélas! la plupart sont restés sur la route,
Ta signature, hélas! leur a fait banqueroute!
Tu les avais en vain nommés tes héritiers,
Et, flattés et flatteurs, ils sont morts tout entiers!
Aussi, pourquoi sans cesse offrir cet héritage
Et de ton trône d'or promettre le partage
Aux médiocrités? C'est que leurs mauvais vers
Célébraient ta grandeur en cent modes divers,
Et toi, fier souverain, prince de l'ironie,
Tu délivrais à tous un brevet de génie;
Calculateur savant, populaire avec art,
Tu dispensais la gloire, — et riais à l'écart!
Mais qu'importe après tout? C'était une faiblesse,
Une soif de régner qui brûlait ta vieillesse:
Tu savais qu'une ligne, un distique à propos
D'adorateurs fervents te créaient des troupeaux,
Mais cette royauté que nul ne te dénie,
Sur l'esprit de ces temps splendide tyrannie,
Quand sur tant de débris ton orgueil triomphait,
Cet éclatant pouvoir, dis-nous, qu'en as-tu fait?

Oh! combien, si, fidèle au Dieu qui te fit naître,
Qui te combla de dons pour le faire connaître,
Tu n'avais pas tourné ses armes contre lui,

Combien ton nom fatal serait grand aujourd'hui !
Si, de la vérité fécondant le domaine,
Tu n'avais donné tout à la raison humaine,
Brisé l'autel du juste et, d'un rire moqueur,
Dressé le piédestal du sophisme vainqueur ;
Si, les yeux vers le ciel, invoquant sa lumière,
Tu n'avais méprisé cette source première,
Ton nom, parmi les noms qu'on prononce à genoux,
Serait le plus puissant, le plus aimé de tous !

Tes sarcasmes amers, tes trésors d'ironie
Insultaient lâchement toute chose bénie,
De ces débris sacrés tu jonchais ton chemin,
Et tu lançais la flèche, et tu cachais la main !
Ah ! les hommes choisis dont une sainte flamme
Illumine le cœur, donne la force à l'âme,
Acceptent le combat sans crainte, sans détour,
Font face à l'adversaire, et luttent au grand jour !
— Puis, que sont devenus tous tes rêves impies ?
O prophète menteur ! comme tu les expies !
— Tout fut maudit par toi, brisé, sali, souillé !
La croix tombait du haut du temple dépouillé ;
L'Église était en proie aux sarcasmes du monde,
Ses gloires succombaient sous l'épigramme immonde,

Et toi, tu t'écriais dans un suprême effort :
L'INFAME a disparu ! — Le Christ, le Christ est mort !!!
— Les grands hommes flétris, les gloires conspuées
Tombèrent à ta voix, au milieu des huées,
Et le bien s'éteignit et mourut dans les cœurs,
Et Voltaire et l'enfer trônèrent en vainqueurs !

— Eh bien ! si tu pouvais, te glissant dans l'espace,
Suivre de l'œil ton œuvre et voir ce qui se passe,
Ton orgueil terrassé croirait au châtiment !
De ce que tu voulais quel est le dénoûment ?
— C'est en vain que parfois un disciple futile
(Disciple, moins l'esprit, la grammaire et le style,
D'un siècle qui n'est plus inglorieux bâtard),
Formule encore une œuvre impie. — Il est trop tard !
C'en est fait pour toujours de ta philosophie ;
Le malheur, ce grand maître, éclaire et purifie :
Triste et *juste retour des choses d'ici-bas*,
Vous ne vouliez pas CROIRE, et l'on ne vous croit pas !
— Poëte ! dans les champs nouveaux que tu défriches
Tu viens nous aligner, — en rimes fort peu riches, —
Et condenser gaîment au nom de la raison
L'outrage, le blasphème, et, versant le poison
A longs flots dans la coupe avec art ciselée,

Enivrer de cynisme une époque affolée.
— Mais ces jours sont passés, les yeux se sont ouverts,
On ne prend plus pour code ou ta prose ou tes vers,
Cette loi sans appel de ton siècle en démence :
Tout ce que tu meurtris renaît et recommence ;
L'hymne de l'homme à Dieu fut trop longtemps muet :
Hier, c'était Voltaire, — aujourd'hui Bossuet !
Vertus et saintetés ! grands noms et grandes choses,
O superbe insulteur ! ont leurs apothéoses :
La Vierge qui jadis repoussait Attila
Retrouve son tombeau que ta secte vola ;
Le peuple, que la croix purifie et relève,
Ne préférera plus Voltaire à Geneviève,
Et, trop lontemps souillé, le Panthéon païen
Sur son faîte a remis le signe du chrétien !
— Vois, le front rayonnant de sa gloire sereine,
Apparaître aux regards la vierge de Lorraine,
Elle, par ton cynisme impudent et pervers,
Une seconde fois brûlée.... à petits vers ;
Elle, de nos aïeux, la protectrice et l'ange,
Elle, que tu traînas dans l'ordure et la fange
Quand tu jetas, rimeur, vil objet de dégoût,
La Sainte aux mauvais lieux, la martyre à l'égout !
Vois : — Pure, souriant, la voici revenue !

Près de son piédestal la foule contenue,
Lorsque le voile tombe, éclate en un long cri !
— De son diffamateur oh ! digne pilori !
Aux acclamations le monument se dresse :
Expiation noble, et fête vengeresse !
Jeanne inspire à la fois la lyre et le pinceau,
Et sa chaste beauté revit sous le ciseau ;
L'Anglais même, admirant sa victime immortelle,
Incline avec respect ses drapeaux devant elle ;
C'est un immense écho : — Toi seul, Français pourtant,
Toi seul tu la poursuis de ton rire insultant !
— Il s'attaque plus haut : — Malheur ! car le Christ même
De ce rire infernal a subi le blasphème !
— Le Christ, par ton orgueil assigné devant nous,
Se lève : — Au nom divin nous tombons à genoux !
— L'étude, les leçons, le vrai, la conscience
Soufflètent ton mensonge et ta vaine science,
Et les Peuples pressés tout autour de la croix
Font entendre le cri de leur salut : JE CROIS !

Ton jour est donc fini : — Tu régnas sur nos pères,
Mais tes fils insensés regagnent leurs repaires ;
Tu méprisais le peuple, — il ne veut plus de toi,
Il te connaît enfin, et revient à la Foi.

— C'est au Christ maintenant ! —.L'artiste ou le poète
Ne conquiert que l'oubli s'il n'est son interprète :
Symboles ténébreux, systèmes épuisés,
Le savant ne veut plus de vos lambeaux usés ;
S'il sonde l'infini, si les heures d'étude
Ont fait autour de lui comme une solitude,
Sur des in-folio s'il a longtemps pâli,
Perdu dans le passé, dans l'ombre enseveli,
L'esprit peu satisfait, le visage plus blême,
Il relève son front fatigué du problème,
Puis, ivre de clartés, un cri sort de son cœur :
Vérité ! Gloire ! Amour ! — Et le Christ est vainqueur !

Ainsi l'ombre s'efface, et ton empire tombe :
Ainsi ce long mensonge est scellé dans ta tombe ;
O roi du dernier siècle ! O sophiste brillant !
— Elégance, souplesse, esprit étincelant,
Grâce, fécondité, style vif et limpide,
Gaîté, correction, phrase nette et rapide,
Tu reçus tout du ciel, — et ne le connus pas !
Et tu semas l'erreur sous chacun de tes pas !
Ton cœur fut desséché, ton âme fut flétrie :
Sainteté, foi, vertu, justice, honneur, Patrie !
Mots vains, vieux préjugés, stupide invention,
Armes de nos tyrans, et superstition !

Terrible enseignement que ton exemple donne !
Maudit, abandonné de Dieu qu'il abandonne,
L'homme, au sein de la nuit, s'égare sans flambeau :
Hors du Christ rien n'est vrai, rien n'est grand, rien n'est beau !

—

LE BONHEUR

PHILOSOPHIE.

———

Nous étions cinq. — De fleurs la table était couverte,
Mille parfums montaient par la fenêtre ouverte,
Et la lune, au dehors, planant du haut des cieux,
Traçait sur le gazon des festons gracieux :
C'était un de ces soirs féconds en rêveries
Où l'amitié s'épanche en longues causeries.
— Nous étions cinq. — Depuis si longtemps séparés,
Nous nous disions enfin nos destins ignorés
Depuis le jour charmant où, libre de l'école,
Chacun, le cœur gonflé d'une espérance folle,

Franchit d'un pied joyeux le seuil de sa prison
Et jeta ses regards vers un large horizon.
Comme le voyageur en ses vagues pensées
Nous nous contions nos jours et les choses passées,
Rappelant à la fois les sourires, les pleurs,
Les perles, les cailloux, les ronces et les fleurs.
— Georges, digne héritier d'un beau nom historique,
Le front mâle et bronzé par les soleils d'Afrique,
Attachait, favori du sort intelligent,
Aux épaulettes d'or trois étoiles d'argent;
— Albert, dont l'œil profond à l'orbite enfoncée
Lit jusqu'au fond de l'âme et scrute la pensée,
Chaleureux par le cœur, mais froid dans ses discours,
Habile confident des arcanes des cours,
Diplomate loyal, dont la simple parole,
Plus sûre qu'un traité, s'accepte sans contrôle;
— Charles, grave penseur aux instincts si chrétiens:
Platon et Bossuet font ses chers entretiens;
Il demande le vrai, le pain qui fortifie
Aux sereines clartés de la philosophie,
Et, l'ami d'un progrès pur et sans fictions,
Elève vers le ciel ses aspirations;
— Puis, Tony, de nous tous le plus charmant convive,
A l'heureuse saillie, à la réplique vive,

A l'âme franche et bonne, à l'esprit gracieux,
Celui que de nous tous chacun aime le mieux ;
— Enfin moi qui, pendant que mes frères d'école
Brillent par la raison, les armes, la parole,
Moi, qui passe mes jours sous des ombrages verts,
Inutile rêveur, à crayonner des vers.

— Nous voilà tous les cinq. — Vive, enjouée et franche,
La conversation sautait de branche en branche
Quand Charles : — « Diplomate, ou poète, ou soldat,
« Chacun de nous remplit un fidèle mandat,
« Servit avec amour la France, notre mère ;
« Mes amis, le devoir n'est point une chimère,
« Et nous avons acquis estime, gloire, honneur,
« Mais avons-nous trouvé, dites-moi, le bonheur ? »

— Le bonheur ! — A ce mot nos yeux se rencontrèrent,
De nouvelles lueurs dans nos âmes entrèrent,
Et, le front soucieux appuyé sur sa main,
En silence chacun faisait son examen,
Hors Tony qui, debout, sur la lèvre un sourire :
« Le droit de la gaîté ne doit pas se prescrire,
« Je proteste ! — Pourquoi nous attrister ainsi ?
« Le bonheur, dites-vous ! — Moi, je le trouve ici !

« Si c'est un rêve, eh bien ! qu'on prolonge ce rêve :

« A nos soucis d'hier ce jour laisse une trêve,

« Profitons-en, car Dieu le donne en sa pitié,

« Qu'il soit tout à la joie et tout à l'amitié.....

« Voulez-vous, compagnons, sans autre préambule,

« Une chanson d'Horace ou des vers de Tibulle ?

« Ils nous disent assez qu'il faut mourir demain,

« Mais ils sèment de fleurs le rapide chemin..... »

— Charles l'interrompant, à peine le regarde :

« Amis, que le Seigneur nous tienne sous sa garde !

« Ma question toujours se dresse devant vous,

« Ma loyale amitié vous interroge tous :

« A toi, Georges, réponds ! » — Alors Georges se lève :

Sa parole a l'éclat et la trempe du glaive ;

Il mêle, dans des mots plus simples qu'éloquents,

Grandeur, philosophie et franchise des camps :

— « Oh ! vous rappelez-vous ces heures du collège

« Que dore l'Amitié, que l'Espérance allège

« Bien qu'à de jeunes fronts le poids semble si lourd,

« Ces études sans fin, puis ces rêves de gloire

« Illuminant, au sein de la nuit triste et noire,

　　　« Nos pas réglés par le tambour ?

« Cette cour de La Flèche où se projette encore
« De Descartes enfant la merveilleuse aurore,
« Quand déjà le *Grand Livre* à lui se dévoilant,
« Il plongeait ses regards aux célestes royaumes,
« Et recevait, choisi parmi les gentilshommes,
    « Du Béarnais le cœur sanglant ! — (1).

« Puis, dix ans de combats, de récentes merveilles
« Fesaient bondir nos cœurs et remplissaient nos veilles :
« Comme nous accueillions ce double souvenir !
« Qui de nous, plein d'ardeur ou savante ou guerrière,
« Ne croyait, s'élançant et brisant la barrière,
    Graver son nom dans l'avenir ?

« Nous étions tour-à-tour Descartes, Alexandre,
« Quelquefois tous les deux ; — mais il fallut descendre :
« Quant à moi, je partis, pauvre sous-lieutenant,
« Mais jurant de tracer du bout de mon épée

(1) Descartes renonça de bonne heure à tout pour ne plus lire, disait-il,
que dans le *grand livre de la nature*. — Il fit ses études à La Flèche. — « Il
« était encore à La Flèche en 1610, lorsque le cœur du plus grand et du
« meilleur de nos rois, assassiné dans Paris, y fut porté pour être déposé
« dans la chapelle des Jésuites. Il fut témoin de cette pompe cruelle, et
« nommé parmi les vingt-quatre gentilshommes qui allèrent au-devant de
« ce triste dépôt. Il étudiait alors en philosophie. »

          (THOMAS, *Éloge de Descartes*. Note IV.)

« Sur le sol ennemi les chants d'une épopée.....
        « Je partis le front rayonnant !

« Je rêvais le bonheur dans l'éclat de la foudre,
« Dans les torrents de feu, de fumée et de poudre,
« Les coursiers écumants, bondissant sous le frein,
« Dans l'art et la valeur enchaînant la victoire,
« Dans la bataille inscrite aux fastes de l'histoire,
        « Qu'exaltent mille voix d'airain !

« — La Guerre ! — Mais bientôt, quand la paix revenue
« Montrait en souriant son front d'or dans la nue,
« Aux champs rendait le fer, plus sage moissonneur,
« Et venait consoler et l'épouse et la mère,
« Je disais, reniant ma sanglante chimère :
        « Non, tuer n'est pas le bonheur !

« La Guerre, parfois juste, est toujours haïssable :
« Des larmes et du sang l'empreinte ineffaçable
« Dans le sol dévasté s'empreint profondément ;
« Il faudra bien des jours pour combler cet abîme !
« Des siècles ont construit l'édifice sublime
        « Qu'elle renverse en un moment !

« Pourtant, je poursuivais le songe de ma vie,
« Brûlante ambition, toujours inassouvie :
« — Et j'ai grandi, fidèle à la voix de l'honneur,
« Mais ici, je l'avoue, ô mes vieux camarades!
« Dans la gloire des camps, les cordons, les hauts grades,
      « Je n'ai pas trouvé le bonheur! »

— Georges s'assied. — Albert, diplomate de glace,
Ne nous dit que ces mots, et sans bouger de place :
« J'ai vu, j'ai pratiqué les princes et les grands,
« J'ai su lire en leurs cœurs pour moi seul transparents ;
« Dans cette étude aussi j'acquis quelque lumière :
« Le bonheur! — Je ne sais s'il est dans la chaumière
« Du poëte aux abois insipide recours,
« Mais je suis bien certain qu'il n'est pas dans les cours. »

— De Charles j'attendais la grande théorie ;
Faisant un Sunium de la table fleurie,
Grave comme Platon, comme Jean à Pathmos,
Sa sagesse et son cœur laissent tomber ces mots :

— « Amis, lorsque le Christ nous légua l'espérance
« Nous sûmes que la vie est un champ de souffrance
« Qu'entre l'âme et la chair il est mille combats.

« Que le bonheur complet est un songe ici-bas;
« — Le bonheur! le bonheur! — Fantôme insaisissable!
« Mot que l'on jette au vent, qu'on écrit sur le sable!
« Rêve de la jeunesse! Illusion d'un jour!
« Est-ce l'or, la beauté, le génie ou l'amour?

     « Mon Dieu! que l'homme est peu de chose
     « Et pourtant qu'il a de grandeur!
     « A peine la vie est éclose
     « Qu'elle s'élance avec ardeur
     « Vers le Ciel, horizon immense,
     « Et la déception commence
     « Sans que le rêve soit fini!
     « On suit ce rêve dans l'espace,
     « Il est si doux! — Un souffle passe.....
     « Hélas! le miroir est terni!

     « N'importe: l'heureuse jeunesse
     « Marche d'un pas insoucieux;
     « Que le jour meure ou qu'il renaisse
     « Tout paraît charmant sous les cieux;
     « Comme elle effeuille les années!
     « Comme de toutes ses journées
     « Elle ne fait qu'un jour brillant!

« Comme tout est gloire, harmonie,

« Rayon, soleil, parfum, génie,

« Cercle magique, étincelant !

« O jeunesse ! heures adorées,

« Heures de songes et de fleurs,

« D'amour, d'espérances dorées,

« Où le sourire est près des pleurs !

« — Puis, l'âge vient, et les chimères

« De leurs triomphes éphémères

« Subissent le fatal retour :

« Douce illusion, tu t'envoles !

« Adieu, les mensonges frivoles

« Qui nous ont bercés tour-à-tour !

« — Le bonheur ! le bonheur ! — Fantôme insaisissable

« Mot que l'on jette au vent, qu'on écrit sur le sable !

« Rêve de la jeunesse ! Illusion d'un jour !

« Est-ce l'or, la beauté, le génie ou l'amour ?

« Non, non : — Tout homme, amis, lutte, gémit et souffre !

« Croyez-moi, j'ai longtemps interrogé ce gouffre

« Et ma sonde jamais n'a pu toucher le fond

« Tant il est à notre œil ténébreux et profond !

« Sur mon front qui s'incline au poids de mes pensées

« Que de cheveux blanchis, que de rides tracées

« Depuis que le grand mot, le mot mystérieux,

« D'ombres s'enveloppant, se dérobe à mes yeux !

« L'Etude, don du ciel, passion de ma vie,

« Et toujours renaissante et jamais assouvie,

« L'Etude me guidait dans les siècles passés,

« Ouvrait à mes regards leurs trésors amassés ;

« Je méditais les faits, sciences, lois, usages,

« Et, le cœur palpitant, je consultais les Sages :

« Tous, ils m'ont répondu sans hésiter (il faut

« Que les Sages jamais ne soient pris en défaut).

« Ils ne m'offraient pourtant que vagues théories,

« Ridicules leçons, absurdes rêveries,

« Et concluaient, enfin, misérables jongleurs :

« Mortels, pour être heureux, échappez aux douleurs !

« Puis, laissant de côté le vrai mot du problème,

« Entassant au hasard dilemme sur dilemme,

« Debout sur leur orgueil, drapés dans leurs manteaux,

« A leur propre raison dressaient des piédestaux !

« — Dès la première aurore et dès le premier homme,

« De tous les coins du Globe, Athènes, Memphis, Rome,

« Du Midi jusqu'au Nord, de l'Est à l'Occident,

« Chez les peuples brûlés par un soleil ardent

« Et chez ceux dont le froid a glacé les rivages,

« Barbares et lettrés, civilisés, sauvages,

« Du milieu des palais, des tentes du désert,

« S'élève en même temps un lugubre concert :

« Populeuses cités, hameaux, humbles chaumières

« S'unissent d'une voix à ces plaintes premières,

« Et partout, et toujours, chez toute nation,

« On n'entend qu'un long cri de lamentation,

« Une plainte sans fin qui sort de nos entrailles :

« Supplices, échafauds, exil, mort, funérailles,

« C'est ce qui réunit dans un commun forfait

« Les fils heureux de Sem, de Cham et de Japhet !

« Poètes, orateurs, saints, docteurs, ascétiques,

« Moralistes, croyants, philosophes, sceptiques,

« Oui, tous ont répété ces longs gémissements

« Qu'Adam même exhalait dès les commencements.

« Sur sa couche de fleurs la mollesse assoupie,

« Et le riche et le pauvre, et le juste et l'impie,

« Ceux qui disent : Allah ! Jupiter ! ou Seigneur !

« Tous se sont demandés : Où donc est le bonheur ?

« — Question sans réponse, à l'homme inexplicable,

« Qui torture son âme, et dont le poids l'accable,

« Mot connu de Dieu seul, rêve toujours trompé

« Dont depuis six mille ans le monde est occupé !

7

« — Le bonheur ! le bonheur ! — Fantôme insaisissable !
« Mot que l'on jette au vent, qu'on écrit sur le sable !
« Rêve de la jeunesse ! illusion d'un jour !
« Est-ce l'or, la beauté, le génie ou l'amour ?»

— Georges, Charles, Albert se taisent : — du poëte
La voix dans ce concert ne peut rester muette ;
Il faut savoir encor si, dominant le mal,
Il trouva le bonheur aux champs de l'idéal :
Simple, mais captivant l'amical auditoire,
Il ne préluda point sur la lyre d'ivoire :
Les strophes se mêlant sans étude, sans art,
Se pressaient sur sa lèvre et tombaient au hasard :

« — Oui, j'ai cru, mes amis, à la fée immortelle,
« Pure, fille du ciel, l'étoile au front, et telle
« Qu'on la vit apparaître aux jours choisis de Dieu
« Quand les peuples émus, vivant de sa pensée,
« S'élançaient en chantant sur la route tracée
        « Par l'esprit de gloire et de feu !

« Mais les temps ne sont plus où, pendant la veillée,
« L'hiver, lorsque la pluie au tonnerre mêlée
« Fouettait à coups pressés la vitre du manoir,

« La légende naïve, ou sacrée, ou joyeuse,
« Réunissait toujours la famille pieuse
        « En cercle autour de l'âtre noir ;

« Où, conquérant aussi sa place dans l'histoire,
« Le poëte prenait sa part de la victoire ;
« Où ses vers inspirés enfantaient des soldats :
« Alors Dante, agitant et la lyre et l'épée,
« Nous rappelait, brillant de sa double épopée,
        « Et Virgile et Léonidas !

« Non, les temps ne sont plus où bardes et prophètes
« Partageant tour-à-tour nos douleurs et nos fêtes,
« Nous montraient du regard le chemin et le port ;
« Vous secouez en vain vos robes étoilées :
« Le silence et l'oubli sur vos lyres voilées
        « Ont jeté l'ombre de la mort !

« Pourtant si l'humble voix qu'embaume la prière
« De l'espace et du monde a franchi la barrière
« Et va se joindre au chœur des anges triomphants,
« Le Seigneur reconnaît dans sa bonté touchante
« Que cette voix d'en bas qui bénit et qui chante
        « Est celle d'un de ses enfants !

« Oh ! chantons pour Dieu seul si l'homme raille et doute !

« Oh ! chantons pour Dieu seul si Dieu seul nous écoute !

« Invoquons à jamais son nom trois fois béni :

« A travers les splendeurs de son œuvre adorable,

« Ses grandeurs, ses beautés, sa gloire inénarrable,

　　　« Elançons-nous vers l'infini !

　　« L'Infini ! — Mais où sont les ailes

　　« Qui m'enlèveront vers les cieux ?

　　« En vain, ô mon cœur tu recèles

　　« Un long désir mystérieux ;

　　« Ah ! pour formuler tes hommages

　　« Où trouveras-tu des images,

　　« Des symboles et des accents,

　　« Les voix, les parfums et la flamme

　　« Qui pénètrent au fond de l'âme

　　« En mille modes ravissants ?

　　« Le langage humain s'y refuse,

　　« Incomplet, trop faible et grossier ;

　　« La lèvre inhabile et confuse,

　　« Peut à peine balbutier :

　　« De là, cette ardeur inquiète

　　« Et le désespoir du poëte.

« Dans ses rêves et ses combats ;

« Ses hymnes aux strophes mystiques,

« Ses paroles et ses cantiques

« Ne sont qu'une ombre d'ici-bas.

« Quoi ! ne pouvoir, douleur suprême !

« Combler cet abîme profond !

« Entre le rêve et le poëme

« Un obstacle qui nous confond !

« Quoi ! sentir la lyre impuissante

« En nos faibles mains frémissante

« Ne rendre que de vagues sons !

« Ah ! c'est encore dans la vie

« L'ambition inassouvie,

« Pour l'homme éternelles leçons !

— « Dieu ne l'a pas voulu : — tout-à-coup il arrête

« Dans leur orgueil trompé l'artiste et le poëte

« Que la gloire du monde et d'un jour aveugla :

« Mais exhaler ses chants avec la voix de l'ange

« Sans que la langue humaine y jetât son mélange.....

        « Amis, le bonheur serait là ! »

— Et nous fîmes silence ; — et l'âme recueillie

Dans l'ombre du passé semblait ensevelie,

Quand Charles : — « Nous avons tous dévoilé nos jours ;
« Amis, nous n'avons pas conclu, — comme toujours ;
« Chacun de nous a dit : Le bonheur ! je l'ignore !
« Où se trouve-t-il donc, lui, que chacun implore ?
« Le reste est inutile et ne nous mène à rien ;
« Mais consultons Tony : — joyeux épicurien,
« Peut-être il sait le mot. — Qu'il verse avec largesse
« Dans nos cœurs attristés ses trésors de sagesse,
« Qu'il parle. — » —

                    Mais Tony, le dos contre un fauteuil,
Et les deux bras croisés, muet comme un cercueil,
Les yeux fermés, restait sourd à toute doctrine :
Sa tête qui parfois tombait sur sa poitrine
Imprimait à son corps un doux balancement.....
— Pour tout dire, Tony — dormait profondément !

RÉPONSE A BARTHÉLEMY [1]

Maître, combien de fois, suivant par la pensée
Ta Muse, fille aussi de ma chère Phocée,
Et le puissant essor de ton vol souverain,
Et ton grand vers coulé dans un moule d'airain

(1) Le poëte Barthélemy nous écrivait : « Si nous ne sommes pas d'accord
« sur toutes les questions, si ma pensée n'est pas toujours la vôtre, du
« moins, tout ce que vous professez en littérature et en poésie excite mes
« sympathies, et répond à mes doctrines..... Je suis, comme vous, enfant
« de Saint-Jean-du-Désert, où j'ai passé les plus jeunes et les seules bonnes
« années de ma vie, déjà trop longue. Vous le savez peut-être : c'est non
« loin de votre chapelle rustique, sur la crête de son roc, que j'ai vécu
« trente ans avec ma famille, propriétaire alors de la Grand'Bastide, depuis
« le vieux Casaulx, qui en fut le fondateur. Le hasard des choses humaines
« nous l'a enlevée, et l'a fait passer en d'autres mains qui, tout en la dé-
« corant des magnificences modernes, lui ont ôté ce vénérable caractère
« d'antiquité et de ruines qui plaît tant à l'imagination des poëtes,..... »
Suivaient quelques lignes qui motivent le sens et la pensée de la réponse.

Qui frappe la victime et la tord sur l'enclume,
Combien de fois j'ai pris, quitté, repris la plume !
Dans mon ombre, les yeux attachés à tes pas,
J'aurais voulu t'écrire, et je ne l'osais pas.
Mais aujourd'hui tu viens à moi ; la main tendue :
Ta Muse, de son char un moment descendue,
Se souvient du *Désert*, de ses pins embaumés,
De son humble chapelle et des sentiers aimés ;
Son regard souriant, son gracieux suffrage
Au rêveur solitaire ont rendu le courage :
Je reprends l'entretien que je m'étais promis,
Car nous pouvons causer comme de vieux amis.

Tu regrettes, dis-tu, le paternel domaine
Ravi par le hasard de toute chose humaine,
Où joua ton enfance, où tu vécus trente ans
Tes jours les plus heureux et les moins éclatants,
Où les platanes grecs frissonnant sur ta tête
Versaient à ton sommeil les songes du poëte,
Où la grotte, et la source, et les pins toujours verts
Unissaient leurs soupirs et murmuraient des vers !
Je suis fils comme toi de la calme vallée
D'ombre, d'arbres, de fleurs, de mystère voilée;
Plus que toi, j'y goûtai le silence profond.

Loin des hommes, du siècle et des rumeurs qu'ils font,
Des cités, de leur bruit, de leur fange fétide,
Je naquis à *Saint-Jean*, près de ta *Grand'Bastide*
Saint-Jean aurait-il donc, dans son air ambiant,
Sur sa fraîche colline et sous son ciel riant,
Le privilége heureux d'engendrer à la rime
Ses fils prédestinés au cachet qu'elle imprime ?
Avant nous, *Anténor*, aux légères leçons,
Y chantait ses amours, y cueillait ses chansons.

Je te vis commencer ta brillante carrière :
Ton coursier eut bientôt dépassé la barrière ;
Sans triste coterie ou *cénacle* menteur
Des plus fameux ton nom atteignit la hauteur ;
Toi, ton frère Méry, vous conquîtes la place
Et le même laurier sur vos fronts s'entrelace ;
Mais tes chants, aux vaincus ouvrant le Panthéon,
Mêlaient la République avec Napoléon !
Satires, cris de guerre, hymnes, apothéoses,
Ton implacable vers planant sur toutes choses
A ses sombres lueurs clouant aux mêmes croix
Le passé, le présent, les papes et les rois,
Mots heurtés, liberté, démocratie, empire,
Impossible union où ton espoir aspire,

J'osais les mesurer à mon étroit compas :
J'admirais ton génie, — et ne comprenais pas !
Lorsque tu fis vibrer le mot de République,
Je bondis au signal, et donnai la réplique :
— A moi d'autres vaincus ! — Je maudis les bourreaux,
Dis au siècle trompé les saints et les héros,
Les martyrs d'un serment, la sublime Vendée,
Noble terre des preux, de leur sang inondée,
Sa chute triomphante à l'ombre du clocher,
Nouvelle Jeanne d'Arc morte sur un bûcher !
Hymne du peuple, hommage à la mère-patrie. —
Je relevai sa fille outragée et flétrie
Dont, en face du ciel, la gloire a protesté
Au nom de la justice et de la liberté !

Hélas ! tel qu'un lion hérissant sa crinière,
Des ongles et des dents déchirant ma bannière,
Tu ne voulais pas même en laisser un lambeau
Dernier linceul des rois couchés dans le tombeau !
Sur l'exil, plus cruel que la mort, ta colère
Appelait sans merci l'insulte populaire !
De vaincre si mes vers n'ont pas eu le pouvoir,
Je m'incline : du moins j'ai rempli mon devoir :
Ma chrétienne élégie, à genoux sur leur tombe,

Bénissait des *Brigands* l'immortelle hécatombe,
Pendant que ton carquois, aux traits d'or, me forçait
D'admirer en pleurant l'arme qui me blessait !
Ta muse n'était pas celle que j'ai choisie,
Mais j'aimais ton goût pur, ta forte poésie
Plus grande chaque jour d'un plus riche butin,
Et ton vers si français dans le moule latin.
En te voyant planer des hauteurs de ton aire,
Comme je tressaillais à tes coups de tonnerre !
Puis, j'accusais le sort qui sépara nos camps,
Nous, frères du *Désert*, sur le sol des volcans !

Je le sais bien : chacun gardera sa devise;
Mais le cœur réunit lorsque l'esprit divise;
Ma Muse Jacobite est juste : elle comprend
Ce qu'un autre drapeau peut enfanter de grand :
Comme mes Vendéens, si le sol le réclame,
Elle joindra le tien à sa sainte oriflamme;
On verra rayonner, en secouant leurs plis,
Rocroi, Wagram, Bovine, Ulm, Alger, Austerlitz!
Tous deux ont abrité vieilles et jeunes gloires,
Tous deux ont eu leur part, défaites et victoires :
Français, nous n'irons pas, quel que soit l'avenir,
Jeter dans la chaux vive un double souvenir;

La France encor n'a pas rempli sa destinée :
De la gloire et du Christ elle est la fille aînée ;
Fleuve aux fécondes eaux que rien n'a pu tarir,
Nous savons seulement qu'elle ne peut mourir !

Quoi que dans ses décrets le Seigneur nous destine,
Comme sous nos tribuns, pleurs, sang, guerre intestine,
Ou de longs jours de paix à l'ombre de la croix,
Du blanc drapeau des lis, du sceptre de nos rois,
Maître, je n'oublirai jamais que le poëte
A d'un regard ami salué ma retraite,
Et que, fils de *Saint-Jean*, au détour du chemin,
Tu me traitas en frère, et me serras la main !

SAINT-JEAN-DU-DÉSERT,

15 Juillet (jour de saint Henri) 1838.

« Mère, je pars : — on nous appelle ;

« Mes amis sont prêts, mère, adieu !

« Pour eux, pour moi, dans la chapelle

« Implorez le secours de Dieu !

« Unissez dans votre prière

« Mon aïeul mort à Quiberon

« Et mon père à la Pénissière :

« Puissé-je à leur couronne ajouter un fleuron ! »

« Dignes héritiers d'un autre âge,

« Vous prenez le meilleur des lots :

8

« Va, mon enfant, j'ai du courage.... »
— Et le bruit du rouet se mêle à ses sanglots !

Ils vont, sublimes volontaires,
Sans s'inquiéter du succès,
Déployant les grands caractères
Du catholique et du Français ;
Mais qui donc ainsi les attire
Un contre vingt, sans nul espoir ?
La séduction du martyre,
L'honneur, le dévoûment et le plus saint devoir !

— Lui, dans une pensée amère
Concentrait toutes ses douleurs ;
Il croyait entendre sa mère
Et le bruit du rouet se mêlant à ses pleurs !

Mais tout-à-coup une nouvelle
Retentit, immortel écho,
Aux poëtes futurs révèle
Ce grand nom : CASTELFIDARDO !
— Ils sont tombés ! — Leur mort enfante
Pour le Christ de riches moissons ;

Et leur défaite triomphante
Dans le sang des vainqueurs fait courir des frissons !

Sa mère, sans larmes, muette
Et n'attendant plus rien des jours,
Doucement incline la tête......
Et le bruit du rouet s'arrête..... pour toujours !

A EUX

(CASTELFIDARDO)

Si mourir pour son prince est un illustre sort,
Quand on meurt pour son Dieu, quelle sera la mort !
                                    CORNEILLE.

Sous nos pieds le sol tremble, et l'avenir est sombre !
Ils sont morts, les vaillants, écrasés sous le nombre !
Morts pour la cause sainte, et l'épée à la main !
Morts comme les croisés, portant haut la bannière,
La pressant sur leur cœur d'une étreinte dernière,
        Morts dans un effort surhumain !

Tout ce que nous aimons avec idolâtrie,
Ce qui fait le bonheur, ce qui fait la patrie,
Mères, femmes, enfant., ils avaient tout quitté.

S'élançant au signal, à la voix de Dieu même,
Ils défendaient, hélas! dans un effort suprême
        Rome, la Foi, la Vérité!

— Ils sont morts! — O douleur! ô deuil profond, immense!
Ils sont morts! — Mais leur sang, immortelle semence,
Aux champs de l'avenir fait germer des moissons :
O vaincus triomphants! O sublime milice!
Il faudra bien qu'un jour votre œuvre s'accomplisse,
        Car vous nous léguez vos leçons!

Qu'importe qu'à nos yeux tout s'écroule, tout tombe?
La lumière se glisse aux fentes de la tombe,
A sa douce lueur Lazare a tressailli :
Jésus étend la main, déchire le suaire;
Il remplit de clartés le fond de l'ossuaire,
        Et son flambeau n'est point pâli.

Il renait plus brillant d'une splendeur nouvelle;
Rallumé sur l'autel, son éclat nous révèle
Les oracles divins qui ne peuvent mentir :
Il ne s'éteindra point; d'âge en âge il éclaire
Et la tombe du Christ, et sa pierre angulaire,
        Et l'héroïsme du Martyr!

Tandis que, rendu sourd à la voix du prophète,
On prépare à Dagon une odieuse fête,
Devant vous, dont l'histoire éternise les noms,
Pléiade de héros, modernes Machabées,
Un immense respect tient nos têtes courbées,
    Devant vous nous nous inclinons !

Vous avez protesté contre la félonie :
Embaumant dans nos cœurs votre gloire bénie,
Nous vous suivons des yeux au séjour éternel,
Nous recherchons partout vos traces imprimées,
Mais nous voyons aussi vos places tant aimées
    Vides au foyer paternel !

Ah ! de toutes les parts vous prites la meilleure !
Mais qui consolera ce foyer qui vous pleure,
Ces épouses priant au pied du crucifix,
Ces âmes que le ciel unissait à vos âmes,
Ces mères pour le Christ brûlant des mêmes flammes,
    Et qui vous disaient : Va, mon fils !

Ne pleurons pas sur eux : — Ils ont leur récompense,
Ils sont auprès de Dieu, de Dieu qui la dispense :
L'auréole des saints luit sur leurs nobles fronts;

Victimes d'un devoir sublime et volontaire,
Ils ont voulu venger, debout sur le cratère,
Le Christ de ces nouveaux affronts !

Ne pleurons pas sur eux ; — légion thébéenne,
N'ont-ils pas égalé la gloire Vendéenne ?
Ils sont morts pour leur Dieu, vrais enfants d'Israël.
Ne pleurons pas sur eux ; — mais pleurons sur leurs mères ;
Partageons ce long deuil et ces larmes amères,
Et disons : Regardez le ciel !

Septembre 1860.

A EUX

MAIS A D'AUTRES

> Certains esprits voient dans la liberté illimitée
> de philosopher contre le catholicisme une com-
> pensation suffisante à la perte des autres libertés.
>
> A. DE TOCQUEVILLE *(Lettre à M. de Courcelles.)*

C'est bien ! tout vous sourit ! — L'hymne blasphématoire
S'échappe de vos cœurs en longs cris de victoire !
Jamais le dieu du mal, sur ses autels de fer,
Ne fut mieux salué par les cris de l'Enfer !
De toute lâcheté promoteurs et complices,
De toute ignominie odieuses milices,
Hypocrites rhéteurs, qui n'élevez la voix
Qu'en faveur du plus fort hissé sur le pavois,

Qui, fidèles du moins à vos antiques haines,
Ne vous lassez jamais de mendier des chaînes,
Sauf pour les droits du crime et de l'impiété
Au nom de la justice et de la liberté,
Nous vous reconnaissons ! — Vous êtes bien les mêmes
En dépit du passé, de ses leçons suprêmes !
On vous a vus jadis, courtisans du bourreau,
Escorter de vos chants le hideux tombereau,
Jurer *mort aux Tyrans !* — Mais bientôt un despote
Vous aplatit d'un coup du talon de sa botte,
Dans son juste mépris, politiques forbans,
Couvrit vos lâchetés d'or, de croix, de rubans,
Vous vit dans l'antichambre étaler sa livrée,
D'un généreux élan courir à la curée,
Et les titres de ducs, de comtes, de barons,
Tombant toujours plus bas, rencontrèrent vos fronts !

Son étoile s'éteint : — Vous, prompts à vous soumettre,
Encombrez les palais de votre nouveau maître
Et vous amoncelez, riches en dévoûments,
Ossa sur Pélion, et serments sur serments !
Mais si le maître étend, de sa main tutélaire,
Le voile du pardon sur les jours de colère,

S'il ouvre cette main pleine de libertés,
Trésors toujours promis, toujours escamotés ;
Si l'oubli généreux vous garde et vous protége,
Des insulteurs gagés grossissant le cortége ,
Vous, depuis si longtemps faibles avec les forts,
Courageux citoyens, vous vous levez alors !
— C'est l'heure du cynisme et de la félonie,
C'est l'heure du mensonge et de la calomnie ;
Car, vous tous, les héros d'un siècle de terreur,
Tour à tour jacobins, laquais de l'Empereur,
Histrions de quinze ans, votre grand cœur s'enflamme :
Liberté ! Liberté ! votre voix la proclame,
On vous en rassasie : — Encor ! jamais assez !
Vos hymnes solennels à tout vent dispersés
La montrent de lauriers la tête toujours ceinte :
« Déesse, lève-toi ! Parais, o Vierge sainte ! »
— Et le chant se poursuit sur un ton de fausset,
Mais jamais il ne va jusqu'au dernier verset :
Un jour vient où, lassé de ces cris de sauvage ,
A tant de biens promis préférant l'esclavage ,
On vous a reconnus sous le masque trompeur,
Et l'on se précipite aux autels de la Peur !
Du bonnet phrygien la Liberté coiffée
Recule, tombe et meurt , de vos mains étouffée

Votre œuvre est là ; — c'est là votre crime éternel !
Que vous importe à vous ? — Sous un roi paternel
Si vous en appeliez au droit de l'insolence,
Dès qu'un pouvoir moins doux impose le silence,
Vous tombez à ses pieds, vous vous joignez à lui,
Hier, grands et debout, prosternés aujourd'hui !
Il faut que votre voix cependant retentisse :
— Elle va protéger le droit et la justice,
Appeler vos grands cœurs à de nouveaux combats,
Tonner contre le mal, immortel ici-bas,
Puisqu'aussi bien jamais elle ne peut se taire,
Remplir en conscience un noble ministère,
Car vous n'oublierez pas votre mâle fierté,
Vos anciens dieux, Courage, Honneur et Loyauté !

— Ecoutons : — Des dangers menacent la patrie
De vos hauts faits d'hier encor toute meurtrie ;
Ces dangers ne sont pas les appels incessants
A la rebellion des peuples frémissants,
Cette guerre aux autels, aux prêtres, à Dieu même,
Ces cris qui, grâce à vous, ne sont qu'un long blasphème,
Ces fanges qu'on remue au bas du grand journal,
Ce cynisme effronté de l'écrivain vénal,
Disciple, moins l'esprit, la grammaire et le style,

Du roi de l'ironie et d'un siècle futile ;
— Mensonge, impiété, — le péril n'est point là ;
Votre sagesse veille, et nous le révéla :
— Voyez, près du grabat où se tord la souffrance,
Les fils de saint Vincent apporter l'espérance,
Au pauvre délaissé verser l'huile et le miel,
Le presser sur son cœur, et lui parler du ciel ;
— Voyez, près du mourant, prier les saintes filles :
Elles ont tout quitté, plaisirs, trésors, familles,
Pour que le malheureux, cherchant autour de lui,
Ne se trouvât pas seul, sans secours, sans appui,
Et qu'il eût une main à serrer, quand vient l'heure
Du pauvre paria — que personne ne pleure.
— Voyez-vous, vers le Nord, quelques hommes de Dieu
D'un cercle d'ouvriers occupant le milieu
Et leur distribuant la parole de vie ?....
— Oh ! voilà le danger ! — C'est là que vous convie
Le salut de l'État et du monde effrayé :
C'en est fait du progrès ; son char est enrayé ;
Puis, il disparaîtra comme un vaisseau qui sombre !
Le parti clérical nous couvre de son ombre :
— Aux armes, citoyens ! — Qu'aux cris de liberté
On les arrache aux pieds de l'autel insulté !
Que la prison, l'exil, la magnanime injure

9

Qui sort de votre bouche exempte de parjure,
Vengent les droits du peuple et de l'esprit humain !
De vos pères suivez le glorieux chemin ;
Dans leur bienheureux temps on était plus facile :
Ils avaient l'échafaud plus prompt et plus docile ,
Le triangle d'acier, la pique et le canon,
La Loire aux bords sanglants, les glaciers d'Avignon,
Les Carmes, Saint-Firmin, la Force, l'Abbaye,
La hache qui commande et toujours obéie :
Ils avaient, pour remplir aisément leur devoir,
De généreux moyens : — On ne peut tout avoir !

Mon Dieu ! consolez-vous; il vous en reste encore :
De triomphes nouveaux voici poindre l'aurore ;
Au nom de la justice et de la vérité
Vous pouvez chaque jour, en toute sûreté,
Déjeuner d'un évêque et diner de deux prêtres!
Respectez le préfet et les gardes-champêtres,
Taisez-vous sur la Bourse et les spéculateurs,
Sur le divin Mammon et ses adorateurs;
Puis, ce que vous voudrez du Saint-Siége : — la marge,
Quels que soient vos désirs, est encore assez large.
D'ailleurs, il reste aussi les procès scandaleux;
Ils ont, bien exploités, un succès fabuleux

Votre œil si vigilant devance la police :
Votre plus grand bonheur, votre plus cher délice
C'est d'avoir découvert un homme noir tombé :
Portier, religieux, frère-lai, moine, abbé,
Tout vous est bon, tout sert votre tactique habile :
Cela s'est vu parfois : — Un sur quarante mille !
Allons ! vite, debout, austères puritains !
Quelles chances, Seigneur ! quels glorieux butins !
Héros immaculés, vous dont la vie entière
Des antiques vertus est la digne héritière,
Cœurs candides et purs, vases d'élection,
Hermines qui craignez, ô profanation !
La plus légère tache à votre robe blanche,
Votre indignation à larges flots s'épanche ;
Vous jetez ce grand mot : La SOLIDARITÉ !
Et vous faites appel à sa moralité.
— C'est bien : un a failli, donc ils sont tous coupables,
De ce que l'un a fait tous ils seront capables ;
C'est bien : — Mais on a vu peut-être un magistrat,
Un professeur payé, gloire du doctorat,
Un habile traitant et même un journaliste
(Arrêtons-nous, hélas ! longue serait la liste,
Et nous ne comptons pas les apôtres nouveaux
Fabricants d'un symbole issu de leurs cerveaux) ;

Oui, peut-être on a vu de ces gens qu'on révère,
Au front majestueux, au jugement sévère,
Malgré leurs beaux discours faire quelques écarts
Et d'une chute étrange attrister nos regards :
— A vous, de les clouer au poteau ! — Non, silence,
Car si vous pesez tout dans la même balance,
Vous qui dites : Tel prêtre indigne, tel clergé,
Votre avis par la loi serait-il partagé ?
Les sages tribunaux formuleraient sans doute
Une autre opinion, — la seule qu'on redoute !
— Mais j'allais oublier (il faut bien tout prévoir)
Qu'un soldat peut aussi manquer à son devoir :
O vous, qui poursuivez le prêtre sans relâche,
Que dire d'un soldat traître, assassin ou lâche !
Allons : Renouvelez votre vieil argument ;
Osez donc : Il s'agit de tout le régiment ;
Du crime d'un des siens rendez-le solidaire
Et prodiguez l'insulte à l'honneur militaire !
Allons ! toute l'armée est solidaire aussi ;
Courageux citoyens, parlez haut ! Mais voici :
Hélas ! avant la fin de la prosopopée
On vous soufflèterait d'un coup de plat d'épée !
— Le prêtre sans défense est un butin heureux,
Le soldat insulté serait plus dangereux.

Demandez donc toujours, intrépides apôtres,
La liberté pour vous, des chaînes pour les autres ;
Epuisant vos bravos pour tout fait accompli,
Au nom des vieilles lois que dévore l'oubli,
Persécutez, chassez, imposez le silence :
De répondre que nul n'ait la folle insolence,
Qu'on ne puisse opposer l'antidote au poison,
A parler soyez seuls : — Oh ! vous avez raison !
De votre long mensonge à la fin dégagée,
Que la vérité brille, — et votre œuvre est jugée !

Le jour n'est pas venu : — Régnez en attendant :
Que l'hymne triomphal de vos cœurs débordant
A l'hymne de l'enfer s'unisse et corresponde :
Tôt ou tard le soleil luira pour tout le monde.
— Plus sombre fut la nuit, plus le jour sera beau !
— L'auguste Vérité rallumant son flambeau
Aux Peuples montrera la Liberté trahie,
L'égoïsme vainqueur, la justice haïe ;
Vous, dont les faibles yeux maudiront sa clarté
Vous rentrerez sans bruit dans votre obscurité !

Oui, tôt ou tard viendront les jours expiatoires :
Jusque-là conservez soigneusement vos gloires,

Nous sommes les vaincus ! — Car nos gloires à nous,
Qui de l'homme de cœur font fléchir les genoux,
Qu'admire le soldat, que chante le poëte,
Sont Castelfidardo, la Vendée et Gaëte !

24 juillet 1852.

A MM. ROUMANILLE & MISTRAL

S'en jour, ensin coumo de fraire,
Lei Troubaire
De San-Jan prenoun lou camin,
Vous reveilloun de seis aubados
Embeimados
Mai que l'ieli et lou jasmin;

Saupres ce qu'es que la Provenço
En jouvenço;
Saupres ce qu'es qu'un parla dous,
Ce qu'es que la Muso pastouro :
D'aquesto ouro
L'aimaren, cresi, toutis dous.
A. BAYLE *(La Muso Provençalo)*.

Je me disais : Efforts stériles !

Pauvres poëtes Provençaux,

Chercheurs de rimes puériles

Qui trouvez vos gaîtés scurriles

Dans les ordures des ruisseaux !

Des vieux troubadours les pensées,
Les traits légers vifs et narquois,
Les gaudrioles ressassées,
Tout est mort : — Flèches émoussées
Ne sortiront plus du carquois.

Vous voulez rendre à la lumière
Et leur marotte et leur grelot,
Mais de cette école première
La grossièreté coutumière,
Voilà quel est votre seul lot.

Que fait cette langue indécise ?
Elle traduit, le beau succès !
Au hasard, sans règle précise,
Mauvais patois qu'elle francise,
Puis, en patois mauvais français !

Laissez-là cet affreux grimoire
Ennemi du sens et du goût ;
Il dort, justice expiatoire,
Dans une cynique mémoire.....
Ah ! laissez-le dans son égout !

— Ainsi j'exhalais ma colère
Contre un souvenir abruti
De l'idiome populaire :
J'ignorais qu'une nouvelle ère
M'allait donner un démenti.

J'ignorais que la fleur choisie
Dans son calice gracieux
Recélait parfum, ambroisie,
De doux trésors de poésie
Cachés à de profanes yeux;

Qu'on pourrait, ainsi que l'abeille
Qui des jardins tire son miel,
Errer de corbeille en corbeille
Et de la Muse qui s'éveille
Conduire le vol vers le ciel!

— Le jour est venu : — Ma retraite
A retenti de purs accents;
Le fils du soleil, le poëte
Du vrai beau s'est fait l'interprète
En mille modes ravissants.

Il jette dans un nouveau moule
Génie, amours, flammes, couleurs ;
Cher au manoir, cher à la foule,
De ses vers un flot d'or découle
Entre le sourire et les pleurs.

Il vient, souffle sur la poussière
Qui voilait d'antiques tableaux :
Aussitôt la couche grossière
S'efface, tombe et la lumière
Sur eux ruisselle à larges flots !

— Gloire à vous, Mistral, Roumanille,
Troubadours, fraternels rivaux !
Aimés du cercle de famille,
Au foyer ou sous la charmille
On répète vos airs nouveaux ;

On vous voit, d'une libre allure,
Rendre à la muse des vieux jours
Les parfums de sa chevelure,
Sa robe vierge de souillure,
La pureté de ses amours.

Jusqu'à ce jour, chose fatale !

L'ouvrier manque à l'instrument ;

— Vous venez : — la langue natale,

Longtemps vile, obscène et brutale,

Se revêt d'un rayonnement !

A peine si dans ce naufrage

Un chant pur avait survécu :

En vain on disait que notre âge

Allait réparer cet outrage.....

J'étais sourd. — Vous chantez : — Amis, je suis vaincu !

SAINT-JEAN-DU-DÉSERT,

1er novembre 1858.

Quand tu causais avec les fleurs,
Pauvre enfant, que te disaient-elles?
Les oiseaux aux mille couleurs,
Les papillons, les demoiselles,
Les rameaux des saules en pleurs,
Que te disaient-ils? — Et la brise
Qui, de fleurs en fleurs indécise,
Se jouait dans tes longs cheveux?
Et cette étoile qui scintille
Et se mirait, ô jeune fille,
Dans le doux azur de tes yeux?
Que te disaient, ô sœur chérie
De tout ce qu'ici-bas est pur, bon et charmant,

10

11.   . . . .

Que disaient dans leur causerie
    Le papillon, la fleur dans la prairie,
L'oiseau dans les bosquets, l'étoile au firmament,
La brise aux doux parfums qui passe en les semant?

Leur mystique langage à nos cœurs se dévoile :
La fleur, le papillon, et la brise et l'étoile
    Disaient : Que fais-tu parmi nous?
Où trouver ici-bas quelqu'un qui te réponde?
Rien n'est digne de toi : — Que peut t'offrir le monde,
    Quand il serait à tes genoux?

. . . .
. . . .
. . . .

— Voilà pourquoi tu dors dans la tombe arrosée
    Des pleurs de ceux qui t'aimaient tant!
Pourquoi sous les gazons, les fleurs et la rosée,
    Ton âme nous attend!

                              (Imité de l'anglais).

Enfant, sur mes paupières closes
Lorsque descendait le sommeil,
Que je rêvais oiseaux et roses,
Baisers attendus au réveil,
Parmi ces gracieux mensonges
Je voyais souvent dans mes songes
Un ange au front pur et vermeil.

Tandis que la voix maternelle
Me berçait de son plus doux chant,
Il me semblait que de son aile
Il m'effleurait en se penchant,
Ou qu'il priait dans la veillée
Avec ma mère agenouillée
En trésors d'amour s'épanchant

***

Plus tard, quand vint l'heure bénie
Où Jésus descendit vers moi,
Quand mon âme à lui-même unie
S'inondait d'ivresse et de foi,
Mon protecteur, qui toujours veille,
Près de l'autel, à mon oreille
Murmurait : Enfant, souviens-toi ?

Vinrent bientôt les jours d'orage :
Hélas ! je l'oubliai souvent !
Je m'élançais vers un mirage,
Chimère à l'espoir décevant !
Mais dans ma sceptique jeunesse,
Que le jour meure ou qu'il renaisse,
Il était là, triste et rêvant.

Dans mes chagrins et dans mes joies
Il fut toujours à mon côté ;
Il parcourut toutes mes voies,
Tour-à-tour joyeux, attristé :
Dans les foules ou solitaire,
Vision pleine de mystère
Et qui ne m'a jamais quitté !

***

Quand je gravissais mon calvaire
Il m'aidait à porter ma croix,
Son front devenait plus sévère
Quand j'oubliais les saintes lois :
Mon âme si souvent troublée,
De mes longs rêves accablée,
Se rassérénait à sa voix.

Que de fois, entre les deux routes,
De ma faiblesse il fut l'appui !
Que de fois tombèrent mes doutes
Devant un seul regard de lui !
Saint et puissant fut son empire :
Il a fait naître d'un sourire
Le rayon du ciel qui m'a lui !

Depuis, au cercle de famille
Il préside comme un ami ;
Près du foyer, sous la charmille,
Il parle à mon cœur raffermi :
Toujours comme un heureux augure,
J'aperçois sa douce figure
Dans l'ombre et voilée à demi.

***

Dans mon enfance, à ma faiblesse
Son secours ne manqua jamais;
Les derniers jours que Dieu me laisse
Sont gardés par lui désormais;
Quand viendra ma suprême aurore,
Ah! que son aile abrite encore
Tous ceux qu'en ce monde j'aimais!

— De quel nom faut-il que je nomme
L'ombre qui me suit en tous lieux?
Quel est cet étrange fantôme
Qui paraît sans cesse à mes yeux?
— Il répond: « Devoir! Confiance!
« C'est moi qui suis ta CONSCIENCE
« Et qui dois te conduire aux cieux! »

UN HONNÊTE HOMME

CONTE

QUI POURRAIT BIEN ÊTRE UNE HISTOIRE

———

Les temps sont durs : — la poitrine oppressée
Nous égarons sans but notre pensée ;
Triste, oublié, le poëte se tait ;
Plus de ces chants que le cœur écoutait,
Plus de beaux vers, plus d'encre à l'écritoire,
De rêves d'or distrayant nos ennuis :
Les jours sont longs et longues sont les nuits !
— Eh bien ! je veux vous conter une histoire,
Non une histoire en dix ou douze chants
En vers pompeux, sublimes et touchants

Et qui parfois font bâiller l'auditoire,
Mais en vers courts, et surtout peu méchants.
Simples, naïfs et sans art, il vont naître
Comme un ruisseau qui coule et qui coula;
Si l'un de vous allait se reconnaître,
S'il s'appliquait le *de te fabula*;
Qu'il sache bien que ce n'est pas ma faute;
Ma voix est faible et n'est pas assez haute
Pour réformer le siècle et ses erreurs;
Je n'eus jamais grand goût pour la satire,
Elle m'effraie et n'a rien qui m'attire,
Et je la laisse à ses tristes fureurs.
— C'est entendu. — Sans arrière-pensée,
Tout bonnement, sans sourire moqueur,
Surtout, amis, sans haine, sans rancœur,
Sans que nulle âme en puisse être blessée
Je vais parler en naïf chroniqueur.

— Mes chers amis, si je fesais un conte
Je donnerais, d'Hosier officieux,
A mon héros *un long amas d'aïeux*,
Il serait duc, prince, marquis ou comte;
Mais par malheur, et j'en suis consterné,
La vérité n'y trouve pas son compte;

Par elle, hélas ! je me sens dominé,
Aussi dirai-je, en auteur véridique,
Sans lui chercher un mensonge héraldique,
Que mon héros à Paris était né
Dans ce doux mois, le mois des hirondelles,
Des fleurs, des vers et des amours fidèles.....
.....Tout simplement d'un marchand de chandelles,
Homme de bien, d'estime environné,
Et d'un bonnet de coton couronné.
— C'était l'époque où la France enrichie
Des doux trésors, de la longue splendeur
Que lui versait à flots la monarchie,
Vers l'avenir marchait avec ardeur ;
Heureuse encor, puissante, souveraine,
De par ses rois du monde elle était reine :
Le peuple alors, par un juste retour,
Reconnaissant, les payait en amour ;
Aussi l'enfant, grâce à ce vieux système,
Dut recevoir avec l'eau du baptême
De son parrain le beau nom de LOUIS ; —
— Dernier reflet de jours évanouis !

— Or, mon héros, en avançant en âge,
Devint bientôt un grave personnage ;

— Au loin grondait la Révolution, —
— Calme, paisible et sans ambition,
Il comprenait, chiffrant comme Barrème,
Que l'or était le but, le Dieu suprême,
Et qu'en dépit du drapeau tricolor
Chacun voulait de l'or, — et puis de l'or.
Il lui voua son âme et sa jeunesse ;
Nous le voyons, à son comptoir assis,
Vendre le suif et sans autres soucis,
D'un air bénin, non sans quelque finesse,
Faire pencher la balance parfois
En augmentant, diminuant le poids.
Il sait déjà qu'un savant sans fortune
Traîne partout une vie importune,
Que la justice, et la gloire, et l'honneur
Ne valent pas le fripon qui se mire
Dans un tas d'or que l'homme sage admire,
Que pauvreté ne fut jamais bonheur !
— Que voulez-vous ? — Il n'était pas poëte :
Jamais un vers ne resta dans sa tête ;
Jamais il n'eut recours aux Richelets ;
Il ignorait madrigaux, acrostiches,
Odes, rondeaux, ballades, virelais,
Sonnets, chansons, bouts-rimés, triolets,

Ne savait pas de combien d'hémistiches,
Pour que la règle et que l'art soient complets,
Est composée une ligne qui rime.
— Jeune homme heureux ! — Libre de songes vains,
De l'idéal, hélas ! qui nous opprime
Nous, raisonneurs, insensés écrivains,
Comme un ruisseau qui doucement dévie
Il serpentait, laissant couler sa vie
Dans son comptoir, calme et digne séjour,
Dormant la nuit et chiffrant tout le jour.

— Mais tout-à-coup, ô grandeur ! ô merveille !
La France est libre et le peuple s'éveille !
Le peuple, hélas ! est léger et changeant,
Poussé, battu par mille vents contraires !
— Notre héros, toujours intelligent,
Entend crier : « Tous les hommes sont frères ! »
.....Et dans un trou va cacher son argent.
Il avait peint autrefois sur sa porte
Un SAINT LOUIS, hommage à son patron,
Le sceptre en main, et dont la tête porte
Un diadème avec double fleuron ;
Or, on le sait, une enseigne rapporte
Suivant la mode, — et la mode changeait ;

Il cherche alors un plus heureux sujet,
Un nouveau saint à tournure athlétique,
A face énorme, à l'œil faux et sceptique,
Vient s'étaler au front de la boutique.
Ce nouveau saint était loin d'être beau :
En un clin d'œil se fit l'apothéose,
D'un badigeon naît la métamorphose
Et le public lit : AU GRAND MIRABEAU !

— Qui blâmera sa sagesse profonde ?
— Ainsi pesant les vrais biens de ce monde
Dans sa balance, y mettant tour-à-tour
L'or et le cœur, il vit, — règle féconde ! —
Que le métal est encor le plus lourd.
— On trouverait peut-être, aujourd'hui même,
Plus d'un brave homme estimé de nous tous,
Qui plaint ses rois, les respecte, les aime,
Les redemande au ciel à deux genoux,
Mais ne voudrait (pardon si je blasphème)
Que leur retour lui fît perdre cent sous.

— Louis, fidèle à sa ligne première,
Servait toujours le parti le plus fort,
Toujours chez lui, par un touchant accord,

Le patriote achetait la lumière :
— De le surfaire on n'avait nul remord,

Mais la tempête accroît de violence ;
Il s'agit bien encor de Mirabeau !
Sur le pays règne un morne silence,
Peur, lâcheté, crimes, nuit du tombeau !
Tout est frappé, lutte avec l'agonie :
Le Roi-Martyr, d'en haut illuminé,
Le prédisait : Gloire, Vertu, Génie,
Dans son trépas il a tout entraîné !

— Notre épicier ne perdait point courage,
Et sous le joug de la fraternité,
Sous le bonheur fils de la liberté,
Courbant le front, tenait tête à l'orage
Comme un roseau qui plie et ne rompt pas ;
Près de l'abime il marchait pas à pas
Et sans broncher, rasant les précipices,
Tout doucement, sous des souffles propices,
De la prudence empruntait le flambeau.
Ce fut alors qu'au lieu de Mirabeau,
De saint Louis, ses mains impartiales
Sur son enseigne écrivirent (l'ingrat,

11

Mais l'homme sage !) en lettres onciales
Ces quatre mots : AUX MANES DE MARAT !

— Ce n'est pas tout : — la pente était glissante :
Il lui fallut, ruse fort innocente,
Abandonner ce beau nom de Louis,
Et, dédaignant les gloires pacifiques,
Parmi les noms dans l'histoire enfouis,
Il en choisit un des plus magnifiques :
— Foin du baptême ! — Un jour il s'appela
Le citoyen Mutius-Scœvola !

— Las ! dans ce lieu si paisible naguère
On n'entend plus que de longs cris de guerre ;
La Liberté fait de ce magasin
Un club, — beau mot pris au pays voisin
A qui déjà nous devions tant de choses,
L'enthousiasme et les apothéoses ;
Les cris de : Mort aux prêtres ! Mort aux rois !
Y proclamaient le plus saint de nos droits ;
Tout citoyen débitait la harangue
Qui sauve tout, tout....., excepté la langue,
Jusqu'à ce jour trésor si respecté
Et du pays noble propriété.

Sur la grammaire une main sacrilége ?
Qui leur créa l'étrange privilége ?
Ne pouvait-on réprimer les excès
Des hauts barons des fautes de français ?
Triste déluge ! Incessantes averses !
Le cuir revêt mille formes diverses,
Cacophonie et modes infernaux
Vont inondant tribunes et journaux ;
Puis, en fausset chantant la *Marseillaise*,
Les orateurs, la conscience à l'aise,
Montent d'un pas auguste et radieux
Au Capitole, et rendent grâce aux Dieux !

— Notre héros jouait aussi son rôle,
Applaudissait et prenait la parole ;
De l'échafaud, disait-il, peu jaloux,
Il lui fallait hurler avec les loups ;
Il hurlait bien ! — Le feu de son langage
A cet argot portait aussi son gage ;
De ces horreurs sauvages, de ce sang,
Se disait-il, moi, je suis innocent ;
Puis, se lavait les mains comme Pilate :
Il aimait peu la couleur écarlate,
Mais en tels temps c'est la peur qui prévaut ;

Il lui venait des exemples de haut :
De Scœvola modeste était la sphère ;
Par ses frayeurs il aidait cependant ;
Il gémissait tout bas, et laissait faire :
On dit d'ailleurs que c'est le plus prudent. —

— Bientôt Marat disparut de l'enseigne :
Sans cesse il faut que l'auréole ceigne
Un nouveau saint, — et Marat dans l'égout,
A Scœvola ne servant plus du tout
Fut remplacé par : A L'ETRE SUPREME.
Quand cet argot ne fut plus de saison,
Quand il fut fait moindre part au blasphème,
Toujours fidèle à la droite raison
Notre héros, digne de ceux de Sparte,
Peignit ces mots : L'IMMORTEL BONAPARTE,
Lequel déjà dominait l'horizon,

— Napoléon eut son tour, et l'Empire
Emeut son cœur, l'attendrit et l'inspire :
— Nous avons vu de bien plus grands esprits
Dans la logique et dans le vrai nourris ;
Nobles auteurs, poëtes pindariques,
Joindre à la fois dans leurs essais lyriques.

Sans qu'on les pût comparer à Pasquin,
Chant de l'Empire et chant républicain ;
N'oublions pas de mettre sur la liste
L'enthousiasme et le chant royaliste.

— Louis avait repris son premier nom,
Des épiciers la gloire et le modèle,
Continuant à vendre sa chandelle
Au bruit de guerre, au fracas du canon ;
Comme il avait acquis l'art oratoire
Incessamment il parlait de victoire,
Et, maudissant la perfide Albion,
Développant sa grande politique,
Dans sa pensée, au fond de sa boutique,
Contre l'Anglais luttait comme un lion !

— Dix ans après il advint autre chose :
La France entière aux Étrangers impose
Et les Bourbons et l'étendard des lis
Qui, radieux, nous apporte en ses plis,
Fille du ciel, la paix enfin éclose !
Vous le savez : ce furent de beaux jours !
Le peuple était fatigué de se battre
Pour un seul homme, et de payer toujours.

Notre héros, de la paix idolâtre
Et pour l'aider de son noble concours
A son enseigne eut de nouveau recours ;
Il écrivit : AUX ENFANTS D'HENRI-QUATRE !
De cette enseigne il leur fit un pavois
Qui ne changea, — dans cent jours, — que deux fois !
— Avec l'Empire il avait fait divorce
Comme avec l'ère et les temps de Terreur,
Et s'il daignait parler de l'Empereur
Il l'appelait tyran, ogre de Corse !

— L'ambition prit notre chandelier,
Lui, qui jamais n'en ressentit l'angoisse ;
Ses dévoûments ne pouvaient s'oublier,
On le fit donc, dans sa belle paroisse,
Fabricien, — autrement marguillier.
Qu'il était beau, lorsque, portant un cierge,
Les jours fériés, tout en baissant les yeux,
De son grand cœur et de son âme vierge
Il exalait des cantiques pieux !

— Mais rien, hélas ! ne dure sur la terre !
On a brisé la ligne héréditaire,
Et la tempête entraîne dans son cours

Notre bonheur et trois rois en trois jours !
Et l'on a vu, sous les murs de Vincenne,
Accompagnés de cris, d'un chant obscène,
Les objets saints charriés par la Seine !
L'église tombe, hélas ! sous le marteau !
Le *Libéral*, monté sur son tréteau,
D'impiété laisse une longue trace !
En ce moment, dans ce mépris de Dieu,
Les marguilliers n'avaient pas trop beau jeu ;
Soit, mais le nôtre était de forte race,
Il est expert, et rien ne l'embarrasse :
De se sauver il trouve le moyen
En écrivant : AU GRAND ROI-CITOYEN
Sur sa boutique. — O le merveilleux type !
Le bon Louis-Scœvola, quand juillet,
Astre fatal, dans notre nuit brillait,
Disait avoir pour nom Louis-Philippe ;
Un feu nouveau dans son cœur s'éveillait.

— Il a bien droit au repos, ce me semble :
Depuis longtemps nous fesons route ensemble
Et je me sens fatigué comme lui.
Le vrai bonheur n'a pas encore lui :
Plus d'une fois encore il faut qu'il change

Toujours bercé par un espoir trompeur ;
Que son destin doit vous paraître étrange !
— A soixante ans, guérissez de la peur
Quand soixante ans on vécut avec elle,
Sage compagne, un peu triste parfois !
L'homme prudent l'accepte telle quelle
Et sans murmure obéit à ses lois.

Oh ! qui l'eût dit, mystère diabolique,
Qu'il salûrait encor la République,
Et que, solide et ferme en ses desseins,
Grattant encor et les rois et les saints,
Sur son enseigne il peindrait, ô merveille !
En mots géants illustrés de dessins :
　　　AU REPUBLICAIN DE LA VEILLE !
Il entassait, libre d'illusion,
Un mot sur l'autre, Ossa sur Pélion !

— Nous avons vu, je crois, plus d'un poëte,
Des mœurs du temps véridique interprète,
Charmant Protée, illustre girouette,
En faire autant, et chanter tour-à-tour
En ces beaux vers que le globe répète :

« Que notre Roi, dans ce beau jour,
« Accueille nos souhaits d'amour !

. . . .

« Que la République, en ce jour,
« Accueille nos souhaits d'amour !

. . . .

« Que le Directoire, en ce jour,
« Accueille nos souhaits d'amour !

. . . .

« Premier Consul, en ce beau jour,
« Accueillez nos souhaits d'amour !

. . . .

« Consul à vie, en ce beau jour,
« Accueillez nos souhaits d'amour !

. . . .

« Que l'Empereur, en ce beau jour,
« Accueille nos souhaits d'amour !

. . . .

« Que notre Roi, dans ce beau jour,
« Accueille nos souhaits d'amour !

. . . .

« Que l'Empereur, en ce beau jour,
« Accueille nos souhaits d'amour !

. . . .

« Que notre Roi, dans ce beau jour,
« Accueille nos souhaits d'amour !

. . . .

« Roi-Citoyen, en ce beau jour,
« Accueillez nos souhaits d'amour !

. . . .

« Que la République, en ce jour,
« Accueille nos souhaits d'amour !

. . . .

« O Cavagnac, en ce beau jour,
« Accueillez nos souhaits d'amour !

. . . .

« O Président, en ce beau jour,
« Accueillez nos souhaits d'amour !

. . . .

« Que l'Empereur, en ce beau jour,
« Accueille nos souhaits d'amour !..... »

. . . .
. . . .
. . . .

Et cœtera !...... — Que le ciel me délivre
De tous ces gens ! — Je me lasse à les suivre,
Et je reviens après de longs détours
A mon héros. —

                Ainsi coulaient ses jours
Non point, hélas ! comme disaient nos pères,
Parmi les jeux, les ris et les amours,
Mais dans l'espoir des heures plus prospères
Qui s'annonçaient, et retardaient toujours.
— Enver le sort se croyant enfin quitte,
Prêt à quitter le monde qui le quitte,
Il croyait bien, après mille serments,
Jouir en paix de tous ses dévoûments
Et s'endormir, l'âme heureuse et paisible,
Pour s'éveiller au séjour invisible
Qui dans son sein allait le recevoir
Comme tous ceux qui firent leur devoir.

Mais le destin de noirs soucis l'abreuve :
A son grand cœur qui déjà triomphait
Il réservait une dernière épreuve :
Vaincu du temps, comme il philosophait
Tout change encor : — L'Empire se refait !
Le bon vieillard étendu sur sa couche,
Près d'expirer, les membres déjà froids,
Ne voulut point abandonner ses droits ;
Ces derniers mots se pressent sur sa bouche,

« Mettez, mettez à NAPOLÉON TROIS ! »

Puis, il s'éteint comme un léger zéphyre,
Un chant d'oiseaux, un doux son sur la lyre,
Une lueur tremblante sur la cire,
A ses amis qui lui serrent la main,
Avec l'exemple immortel d'une vie
Qui marche au but et jamais ne dévie,
Laissant la suite au numéro prochain.

Ses héritiers connurent par ses livres
Fort bien tenus en sols, deniers et livres,
Qu'il dépensa pendant quatre-vingts ans
En lampions plus qu'en toute autre chose,

Tant il trouvait, quelle qu'en fût la cause,
Aux lampions des attraits séduisants!

Et tout fut dit : — Ainsi finit l'histoire ;
Elle est très vraie ; et je n'invente pas,
Informez-vous, elle est assez notoire ,
De notre ami j'ai suivi chaque pas.
— Notre pays de tels héros fourmille
Placés plus haut que mon pauvre Epicier,
Montant la garde et payant le foncier,
Tous bons époux, bons pères de famille
Qui, s'ils n'ont pas autant de fois changé,
C'est que la mort leur a donné congé.
Ils n'ont pas tous, ces citoyens illustres,
Comme Louis dépassé seize lustres :
— Les survivants qui n'en sont qu'au douzain
Disent encore : — Au numéro prochain !

A PONCE PILATE

Noli quœrere fieri Judex, nisi valeas virtute
irrumpere iniquitates ; ne fortè extimescas faciem
Potentis, et ponas scandalum in œquitate tuâ.

(*Ecclesiasticus.* Cap. VII, vers. 6.)

O Pilate ! ô grand homme ! ô le sage des sages !
Janus de l'Evangile et juge à deux visages !
Philosophe profond, nous t'avons bien compris
Et notre siècle peut te disputer le prix :
Il doit à ton beau nom un hymne expiatoire,
Je m'en charge; — et d'abord rappelons ton histoire :
Le Fils de Dieu, le Christ à mort est condamné :
Devant toi, sans amis, de tous abandonné,
Il paraît. — Tu connais toute son innocence,
Mais la rage des Juifs menace ta puissance,

Il faut perdre le Juste, ou perdre, — affreux tourments!
Et ton titre, et ta place, et tes appointements!
Pourtant, je l'avoûrai, ton noble cœur hésite,
Mais comme la fureur gronde, s'accroît, excite,
Clément, tu fais frapper de verges le Sauveur
Sans te concilier le peuple et sa faveur.
Il n'est plus qu'un moyen : — Un scélérat insigne
Attend dans les cachots la mort dont il est digne;
A ce peuple acharné tu dis de faire un choix;
Le suffrage public répond tout d'une voix :
— Délivrez Barabbas ! — Et ton âme attristée
Jette alors l'innocent à la foule ameutée,
En lui disant : — Amis, quel mal a-t-il donc fait?
De ce courage-là ton cœur est satisfait ;
Je le crois : pourrait-on exiger davantage
Quand on voit tant de gens fiers de ton héritage,
Et comme toi remplis de sentiments humains,
Sacrifier le Juste, — et s'en laver les mains?

Girondin des vieux jours, voilà bien notre histoire!
Et contre toi l'on fait un long réquisitoire,
Et depuis deux mille ans, pauvre calomnié,
On t'appelle flatteur, lâche, excommunié!
Mais voici l'heure enfin de ton apothéose.

Car je commence à croire à la métempsycose :
Si l'on maudit ton nom, ton exemple est suivi,
Ta sagesse prudente imitée à l'envi.
Ton âme dans la nôtre a passé toute entière,
Notre époque féconde est ta digne héritière ;
Espérons que bientôt, monument souverain,
On pétrira pour toi l'or, le marbre et l'airain !
Oh ! que de fois blanc, bleu, tricolore, écarlate,
Sans tacher son manteau, j'ai vu passer Pilate
Rasant les coins de rue, évitant les chemins,
Et s'écriant toujours : — Je m'en lave les mains !

Généreuse leçon, touchante symbolique !
Tout tombe, monarchie, empire, république,
Ainsi que ces châteaux de cartes qu'un enfant
Sur la table branlante élève, triomphant ;
Mais toi, resté debout sur ces grandes ruines,
Saluant le plus fort, géant, tu les domines.
Ton instinct fut sublime et ne fut pas trompeur,
Car tu sacrifiais aux autels de la Peur !
Que t'importe, en effet, que l'innocent périsse ?
Que t'importe des temps la voix accusatrice,
S'ils nous montrent pareils à ceux où tu vécus,
Et les mêmes vainqueurs et les mêmes vaincus

Et si le même cercle, en roulant, nous ramène
Les mêmes mouvements de la nature humaine?
Peur, prudence, intérêt, puissantes déités,
Source immense de biens, trésor de vérités!
— La Peur! — Le sage doit l'accepter telle quelle,
Il se fait son époux, vit et meurt avec elle;
Il doit livrer le faible et dire : Que ce sang
Étanche votre soif; — moi, j'en suis innocent!
Pourtant on est sensible : on hésite, on diffère...
Sauver est dangereux, eh bien! on laisse faire!
De quel droit exiger des efforts surhumains?
On reste pur, — pourvu qu'on se lave les mains!

— Oui, toujours et partout, quand un peuple en délire,
Dont la dent tue et broie et dont l'ongle déchire,
Demande avec des cris et de longs hurlements
La victime promise à ses rugissements;
Oui, toujours et partout, respectant sa colère,
Un sage dont le nom a son jour populaire,
De ses émoluments sauveur judicieux,
Livre le faible au fort et détourne les yeux!

— Nous suivons pas à pas l'histoire israélite :
Mon siècle est dans ta voie et te réhabilite;

Nous entendons souvent, dans nos jours si moraux,
L'éloge délicat de bien d'autres bourreaux :
Pourtant on te reproche un moment de faiblesse
Qui, disent-ils en chœur, les indigne et les blesse,
Mais ne les voit-on pas, courtisans du hasard,
En faire tout autant pour le peuple ou César ?
Leur indignation te poursuit sans relâche,
T'appelle tour-à-tour traître, flatteur et lâche ;
— Soit, mais l'expérience a déjà répondu :
Toi, par peur, tu livras le Christ.... Ils l'ont vendu !
Puis, ton crime où la peur, où l'intérêt préside
Est puni par l'exil et par le suicide.....

Dans des champs plus féconds glorieux moissonneurs,
Ils meurent doucement, pleins de jours et d'honneurs !
Très noblement acquis, leur trésor les protége ;
Leur convoi qu'accompagne un illustre cortège
Dit qu'ils eurent raison, — puisqu'ils ont prospéré.....
— Toi, tu meurs loin des tiens, seul et désespéré !.,.

— On admire leurs noms, leur talent si fertile
Qui sut sacrifier le devoir à l'utile.....
— Ton nom à toi, ton nom à tout jamais flétri
Se lit sur l'écriteau qui pend au pilori !....

. . . .
. . . .

— Inspiré de mon siècle, il faut qu'enfin j'éclate !
— A ta haute sagesse, à toi ces vers, Pilate !
Reçois, puisque des temps je casse ainsi l'arrêt,
Mon cantique à la Peur, mon hymne à l'Intérêt !

15 juillet 1859.

A MONSIEUR L'ABBÉ A. BAYLE

Un jour (jour à jamais gravé dans ma mémoire),
Le front lourd et pâli sur un docte grimoire,
Je jetai tout-à-coup le volume ennuyeux
Et j'allai dans les champs, par un soleil joyeux,
Aux caresses de l'air rafraîchir ma pensée :
La terre, se parant comme une fiancée,
Sous son voile émaillé de riantes couleurs
Resplendissait d'amour, de jeunesse et de fleurs.
Libre de la science et tout aux rêveries
Je traversai les blés, les vignes, les prairies,
Tableaux toujours nouveaux et mille fois dépeints !
— Et bientôt j'aperçus, sommeillant sous les pins,

Une maison amie, à la fraîche terrasse,
Au toit hospitalier, et qu'eût chantée Horace
— Des parfums s'exhalaient des profondeurs du bois....
— C'est là que je vous vis pour la première fois,
Vous, poëte déjà, dans la fleur du jeune âge !
— J'étais presque au milieu de mon pèlerinage.
Vous lûtes dans mon cœur, dans le vôtre je lus,
Et chacun aussitôt eut un ami de plus :

« Il est des nœuds secrets, il est des sympathies
« Dont, par le doux rapport, les âmes assorties
« S'attachent l'une à l'autre, et se laissent piquer
« Par ces je ne sais quoi qu'on ne peut expliquer. »
— Corneille est vrai. — Pendant ces heures fortunées
L'amitié sur mon front effaça les années ;
Homme mûr et jeune homme, un même sentiment
Nous confondit tous deux ; — il suffit d'un moment !
— Depuis, nous rapportons à la Muse choisie
Toutes choses du ciel et de la poésie :
Pages de Bossuet et chants Virgiliens
De ces nœuds fraternels resserrent les liens ;
Nous avons mêmes goûts, et les mêmes études
Ont créé pour nous deux de douces habitudes ;
Vous savez seulement, dans votre activité,

Vous, toujours sur la brèche et toujours écouté,
Maître de la parole et maître de la plume,
Faire servir au bien la chaire ou le volume,
Amasser des trésors, ô zélé moissonneur!
— Le stérile figuier dont parle le Seigneur,
C'est moi : Quand tout s'émeut dans le siècle où nous sommes,
J'écris de tristes vers très ignorés des hommes,
Dans l'espace égaré, mon regard cherche et suit
Le songe, la chimère, ombre qui toujours fuit :
Atteler deux à deux quelques rimes futiles,
Publier — pour moi seul — des livres inutiles,
Tel sera mon bilan quand, au jour éternel,
Dieu me demandera le compte solennel!

— Vous, trois fois plus heureux, vous pourrez apparaître
Fidèle au triple don, docteur, poëte et prêtre!
Vous aurez de la Foi sondé les profondeurs!
Vous aurez de la Foi célébré les splendeurs,
Vaillamment soutenu le divin édifice
Et parfumé d'encens l'autel du sacrifice,
Enivré chaque jour du pur sang de l'Agneau
Des enfants de Lévi continué l'anneau.
— Vous donc, à qui le ciel a donné la sagesse,
Versez-en les trésors sur nous avec largesse,

Déchirez de vos mains le voile que la chair
Interpose entre nous et ce qui nous fut cher.

Dans mes veilles parfois il me vient une idée
Qui s'attache et s'impose à mon âme obsédée;
Je ne puis secouer l'angoisse qui me mord,
Et mon esprit se trouble, et je pense à la mort.
— Non que le désespoir ou qu'une lâche crainte
Sur mon front pâlissant ait gravé son empreinte,
Ni que, faible chrétien, je désire ici-bas
Eterniser mes jours et leurs rudes combats;
Oh non! — Mais je me dis: Par quel touchant mystère,
A quels signes notre âme, abandonnant la terre,
Libre enfin, dépouillant le corps qui l'enferma,
Reconnaît-elle au ciel les êtres qu'elle aima?
A quels traits (car la chair, vil vêtement de l'âme,
S'en retourne à la terre où le ver la réclame),
A quels traits disparus vous reconnaissez-vous,
Pères, mères, enfants, frères, amis, époux?
— L'âme! — De ses amis la cohorte fidèle,
Ceux qu'elle a tant aimés, vont-ils au-devant d'elle,
Une auréole au front, des roses dans les mains,
De l'éternel séjour lui montrer les chemins?
Lui disent-ils : « Viens donc, viens! franchis la barrière

« Qu'abaissèrent pour toi l'amour et la prière :
« Viens ! — Tu nous fis attendre, âme chère ! — Longtemps
« On t'appela du haut des orbes éclatants ;
« Nous tâchions, près de Dieu, de t'aplanir les voies,
« Car, même dans le ciel, tu manquais à nos joies !
« Tu souffris, tu pleuras comme nous. — Maintenant,
« Le bonheur est complet, infini, permanent ! »

Mais ces douces clartés, ces ombres immortelles,
De quels mystiques mots, dites, se servent-elles ?
Là-haut, leur apprend-on un langage divin ?
Ont-elles ces accents que nous cherchons en vain,
Cette voix, voix des cieux, hélas ! qui se refuse
A la lèvre de l'homme inhabile et confuse,
Souffles dans l'Infini, voix, paroles, accents
Qu'à peine rêveraient les mortels impuissants ?
— Oh ! qui du grand saint Paul me donnera les ailes
Pour saisir les secrets, mon Dieu, que tu recèles !
Oh ! pourquoi de saint Paul la claire vision,
Ravissement réel et sans illusion,
Versant la paix céleste à mon front qu'elle effleure,
Ne me fait-elle voir les amis que je pleure

13

En murmurant tout bas ces mots mystérieux
A l'homme défendus, et qu'on n'entend qu'aux cieux (1)!
— D'êtres aimés j'ai vu les lentes agonies,
Répété des mourants les saintes litanies
Et, le front appuyé sur le lit de douleurs,
Offert à Dieu mes jours en échange des leurs!
Que de mains tendrement dans les miennes pressées
Par le froid de la mort, hélas! se sont glacées!
— Ces amis, pour un jour le ciel m'en sépara,
Celui qui me les prit un jour me les rendra:
Je le sais. — Mais là-haut l'être se transfigure,
Il nous suit du regard dans notre route obscure,
Sa prière soutient nos combats incessants;
Mais ce même sourire et ces mêmes accents,
Souvenirs doux et chers de notre âme attendrie,
Les aura-t-il au seuil de la sainte patrie,
Ou, doutant à l'aspect d'un ange triomphant,
La mère dira-t-elle : « Est-ce là mon enfant?

« Ce rayon, est-ce lui? Ce souffle est-il son âme?
« Cet esprit intangible, est-ce lui? Cette flamme

(1) Arcana verba, quæ non licet homini loqui. (*Epistola B. Pauli ad Corinthos.* II. Cap. xii, vers. 4.)

« Va-t-elle se poser sur ce front pur et doux
« Qui, couvert de baisers, dormait sur mes genoux?»

Voilà ce qu'au docteur ma faiblesse demande :
Je crains peu qu'il me blâme et qu'il me réprimande,
Car il sait que ces vers, familier entretien,
Viennent de la croyance et du cœur d'un chrétien,
Car il sait bien que Dieu donne à la triste vie
La curiosité, toujours inassouvie,
Qu'il permet de sonder les abîmes profonds,
Qu'il nous est indulgent quand nous philosophons,
Pourvu que, fils d'Adam, l'homme en tout ne l'imite;
S'incline avec respect devant cette limite
Que Dieu même a placée entre le ciel et nous,
Se confesse vaincu, veuille, et tombe à genoux.
— Peut-être direz-vous pourtant qu'on n'est pas sage
En s'occupant ainsi, dans notre court passage,
Des choses à venir, des arcanes du ciel,
Qu'aimer, croire et prier, voilà l'essentiel.
Dieu saura bien un jour donner la récompense,
Mais n'abusons jamais des clartés qu'il dispense
Pour chercher à percer la sainte obscurité
Du monde, de la vie et de l'Éternité;
A qui fera le mal il garde des supplices,

A qui fera le bien d'ineffables délices,
Chrétiens, c'est ici-bas tout ce que nous savons ;
C'est assez ; — Qu'un seul mot nous excite : — Arrivons !

Je me tais : — Aux bontés de Dieu je m'abandonne,
Et si j'ai regardé trop haut, qu'il me pardonne !
— Quand la mort de ma chair viendra me délier
Je sais que votre cœur ne pourra m'oublier.
Mon âge, cher Abbé, veut que je vous précède :
— Qu'au saint autel pour moi votre voix intercède ;
Mais quand dans le tombeau j'aurai longtemps dormi
Vous saurez bien au ciel retrouver un ami :
Comment? — A la lueur de la divine aurore ?
Aux effluves de l'âme et du cœur? — Je l'ignore ;
Mais j'en ai pour garant Dieu que nous adorons,
Et je n'en puis douter : — Nous nous reconnaîtrons !

LES TABLEAUX HISTORIQUES

DE MONSIEUR MAGAUD

DÉCORANT LE CERCLE RELIGIEUX, A MARSEILLE

(Quatrains lus le jour de l'inauguration, 3 mars 1864).

I

LA RELIGION.

De toutes les grandeurs source vive et féconde,
Seul, le Verbe divin illumine le monde :
Tous ceux que le génie en naissant adopta
S'inspirent du rayon venu de Golgotha !

II

LA PHILOSOPHIE.

(Saint Justin).

Disciple de Platon, adorateur du Verbe,
Il mourut pour la loi de justice et d'amour ;

A sa voix s'enfuyait le sophisme superbe
Comme la nuit devant le jour!

III

LA THÉOLOGIE.

(Saint Thomas d'Aquin et saint Bonaventure).

Ici-bas le génie a droit à notre hommage,
Mais si la sainteté rayonne sur son front
Nous joignons les deux mains devant la grande image
Que les siècles invoqueront !

IV

LES LETTRES.

(Charlemagne et Alcuin).

Quand le grand Empereur, traçant son épopée,
Repoussait le Barbare avec sa forte épée,
Il restaurait les arts, les sciences, les lois,
En écoutant Alcuin qui lui montrait la croix.

V

LA LÉGISLATION.

(Saint Louis).

Sous le chêne sacré son peuple l'environne :
Grand et saint justicier, Monarque paternel ,
Il reçut du Seigneur une double couronne,
L'une ici-bas, et l'autre au ciel !

VI

L'ÉLOQUENCE.

(Saint Bernard).

Sa parole, du temple élargissant l'enceinte ,
Convoque rois et peuple à la croisade sainte :
Un seul cri retentit et répond à sa voix,
Le cri sacré, le cri sauveur : La Croix ! La Croix !

VII

LA POÉSIE.

(Dante et Virgile).

Tous deux ont voyagé dans les cercles maudits,
Ont vu le Purgatoire et la fournaise ardente,

Mais Virgile s'arrête : « O mon disciple! O Dante!
« A ta muse, à toi seul le chant du Paradis! »

VIII

LA NAVIGATION.

(Christophe Colomb).

Colomb vient d'accomplir son héroïque vœu :
Sa foi dans Jésus-Christ n'a pas été trompée,
Car il donne, plantant la croix et son épée,
Un monde à l'univers et des âmes à Dieu!

IX

L'ARCHITECTURE.

(Michel-Ange).

Sous ta main le ciseau, la lyre et la palette
Enfantent des chefs-d'œuvre, ô glorieux athlète!
Les merveilleux trésors qu'a laissés l'art païen
Pâlissent devant toi, Géant de l'art chrétien!

X

LA MUSIQUE,

(Palestrina).

Son âme conversait tout bas avec les anges,
Retenait les accords qu'on entend dans les cieux,
Et, répétant l'écho des divines phalanges,
Le rendait à la terre en sons mélodieux.

XI

L'AGRICULTURE.

(Le Paraguay).

Sublime mission ! — La voix du divin Maître
Comme un feu dévorant les brûle et les pénètre :
Ils vont, — de l'Evangile intrépides soutiens,
Et, défrichant le sol, enfantent des Chrétiens !

XII

LE GÉNIE MILITAIRE.

(Condé)

Dans les champs de Rocroi ce héros de vingt ans
Annonce le grand siècle aux soleils éclatants ;

Incline aux pieds du roi sa première victoire ;
Mais son cœur à Dieu seul en rapporte la gloire.

XIII

LE COURAGE CIVIL.

(La peste de Marseille).

Les chefs de la cité que le pasteur appelle
Prodiguent aux mourants leurs dévoûments vainqueurs ;
Dans le livre de vie, à la page immortelle,
Ils burinent leurs noms, — qu'éternisent nos cœurs !

XIV

L'HISTOIRE.

(Bossuet).

Simple avec les petits qu'il aime et qu'il console,
Courbant le front des Grands au vent de sa parole,
L'aigle de Meaux enseigne, appuyé sur la Croix,
Et les enfants du peuple et les enfants des Rois !

XV

LA SCIENCE.

(Volta).

De ses nobles amis comme le front s'incline
Dans l'atelier modeste où son génie est Roi !
Comme il sait consacrer l'alliance divine
　　De la Science et de la Foi !

XXI

LA PEINTURE.

(Fra Angelico).

Dans sa beauté suprême et son rayonnement
La Vierge se révèle, et l'Art se transfigure :
Vaincu par l'Idéal, l'Ange de la peinture
S'abîme dans l'extase et le ravissement !

LE GRAND MOT

CHARADE

EN CINQ ACTES ET EN VERS, AVEC PROLOGUE ET ÉPILOGUE.

(Trouvée dans les manuscrits de Blondel, ménétrier du roi Richard Ier,
dit *Cœur-de-Lion*.)

Personnages :

Mon Premier.
Mon Second.
Mon Toisième.
Mon Quatrième.
Mon Tout.

(La scène est en France.)

PROLOGUE.

Monsieur le proto, un peu de complaisance, allons !
Il me faut de la marge, et je mets hypothèque
Sur plus d'une colonne : — Aujourd'hui je dissèque
Un magnifique mot, — mais aussi des plus longs.

Acte Premier.

Mon PREMIER est très bref, mais à merveille exprime
Le dégoût que nous exhalons
Lorsque la bassesse et le crime
D'un triomphe odieux grimpent les échelons.

Acte II.

Se laissant conseiller par l'aiguille ouvrière
« Présente à son labeur, présente à sa prière (1), »
La jeune fille sage à son doigt si charmant
Met mon SECOND : Elle en est fière
Comme d'autres d'un diamant.

Acte III.

Dans mon TROISIÈME (c'est de la philosophie,
Même en une charade elle peut avoir cours),
Nous commençons, hélas! et terminons la vie,
Sans compter qu'il nous prend la moitié de nos jours
Qui déjà nous semblent si courts!
Quelques soient les destins où le sort nous convie,

(1) Victor Hugo. (*Les Rayons et les Ombres.* — Regard jeté dans une mansarde. — IX.)

Que mon TROISIÈME soit de paille ou de duvet
Souvent le noir souci s'assied à son chevet!

Acte IV.

Quant au QUATRIÈME, je n'ose,
Tant il est exigu, le placer dans ma glose;
Mais ce serait injuste, et pourquoi cet affront?
Seulement je dirai, pour dire quelque chose,
Que c'est une voyelle avec panache au front.

Acte V

Mais mon TOUT! — C'est le mot qui réjouit les anges,
Rayon tombé du ciel au milieu de nos fanges;
Mot divin qui, fertile en hauts enseignements,
Seul peut nous consoler de tant d'abaissements:
Malgré la trahison, malgré la félonie,
Jamais au fond du cœur l'homme ne le renie;
L'intérêt ou la peur est un maître puissant,
Mais on aime, on admire, on salue en passant
Ce mot qui resplendit d'une céleste flamme,
Qui vient vous remuer jusqu'aux fibres de l'âme
Et qu'ont fait retentir d'un immortel écho
Gaète, la Vendée, et Castelfidardo!

ÉPILOGUE.

Vous, hommes de parjure et de palinodies,
Vieux comparses, marchands de vieilles comédies,
Ne le prononcez pas ce mot saint et sacré :
De votre bouche indigne il sort déshonoré !

Hommes de loyauté, de foi, de sacrifice,
Vous, qui croyez au bien, au droit, à la justice,
Ce grand MOT est celui pour lequel vous mourez :
— Interrogez vos cœurs, — et vous le trouverez !

LES COMBATS DE TAUREAUX

A NIMES.

PANEM ET CIRCENSES.

On ne mutile plus la pensée et la scène,
On a mis en plein vent l'intelligence humaine,
Mais le peuple voudra des combats de taureau.

ALFRED DE MUSSET. *(Rolla. — IV.)*

Peuple-Roi, les voix sibyllines
Dirent ton avenir lointain,
Et du haut de tes sept collines
Partaient les ordres du Destin.

Tu fatiguas la gloire humaine,
Maître du monde, ô Peuple-Roi!
Seule, la fière Melpomène
N'eut jamais un regard pour toi;

C'est que tout son art et sa flamme
Tentent un effort impuissant,
Et ne sauraient émouvoir l'âme
Quand la lèvre a goûté du sang !

A ta majesté souveraine,
Pour jeux et pour doux entretiens
Il faut, se tordant sur l'arène,
Ou gladiateurs ou chrétiens !

Il faut, quand la pure vestale
Fait un signe, jette un regard,
Que le dernier soupir s'exhale
Avec grâce devant César (1) !

Du drame la sombre magie
A vu pâlir ses fictions
Devant la formidable orgie
Des panthères et des lions !

Oh ! comme au milieu de tes fêtes
Ta large main applaudissait

(1) La place que Vesta réservait à ses filles
Dont l'index était un poignard !

          J. REBOUL. *(Les Arènes de Nîmes.)*

Quand ce cri : Les chrétiens aux bêtes !
Dans le cirque retentissait !

Eschyle, Sophocle, Euripide,
Vous eussiez reculé d'effroi !
— Du sang ! — Le reste est insipide !
— Versez du sang au Peuple-Roi !

— Puis, vient le jour prédit : — Les clameurs des Barbares
S'élèvent vers le ciel en sauvages fanfares,
Annoncent des vengeurs le flux et le reflux :
Brandissant leur marteau qui renverse et qui broie,
Les fauves conquérants s'abattent sur leur proie...,
— La Ville Éternelle n'est plus !

Mais la France à son tour est Reine
Et de l'homme affirmant les droits,
Elle convoque, en souveraine,
Le monde au soleil de la croix !

C'est en vain cependant qu'elle brisa l'idole,
Car vous jetez encore un cri retentissant,
Vous, les enfants du Christ, les fils de sa parole,
Quand vos regards boivent du sang !

Ce n'est plus Racine ou Corneille
De l'art étalant les splendeurs
Et ressuscitant la merveille
De la Grèce et de ses grandeurs.

Aujourd'hui, couronnés et la corne fleurie,
De paisibles taureaux marchent à l'abattoir ;
Ils tombent sans combat : — Sifflez avec furie,
    Car ils n'ont pas fait leur devoir !

Comment ! Ils n'ont pas su, déception amère !
Hâter pour une fois leur *pas tranquille et lent*,
Eventrer, et lancer en l'air le victimaire,
    Et piétiner son corps sanglant !

O fils de l'Evangile, il vous faut autre chose !
Il vous faut, dans le cirque entassés au hasard,
Panem et circenses, et l'esclave qui n'ose
    Mourir sans saluer César !

Aujourd'hui, l'animal qui, sans force, se traîne ;
Mais demain vous aurez de plus nobles acteurs:
Le tigre et le lion qui rougiront l'arène.....
    — A bientôt les gladiateurs !

15 mai 1863.

A MONSEIGNEUR PLANTIER

ÉVÊQUE DE NIMES.

———

Que lui font les vains bruits, les clameurs de la terre ?
Comme l'aigle, son âme, en son vol solitaire,
    Plane au sein des immensités :
A peine il aperçoit, bien bas, plus bas encore,
Tout ce que notre orgueil de si beaux noms décore,
    Babels, trônes, palais, cités !

Du haut des régions sereines qu'il habite
Les astres, sous ses yeux, décrivent leur orbite
    Que Dieu trace de son compas :

En vain, puissants par l'or, par la fourbe ou le glaive,
Hurlent des insensés. — En vain un cri s'élève
      Qui l'insulte et ne l'atteint pas!

Si son regard descend de la pure lumière
Vers l'homme dépouillé de la splendeur première,
      Mais qui, debout sur son orgueil,
S'incline vers le gouffre ouvert par la démence,
Alors il se sent pris d'une douleur immense,
      Et du doigt il montre l'écueil.

O Christ! — Malheur à qui repousse ta parole!
Aucun Verbe nouveau ne la peut remplacer;
Toute philosophie est ignorante ou folle
Si dans son œuvre humaine elle veut s'en passer.

Le siècle où nous vivons subit bien des épreuves!
Il a toujours les pieds dans la fange ou le sang!
Vieux symboles usés et religions neuves,
Il a tout essayé dans son rêve impuissant.

Rien ne vit sans le Christ, sans lui rien ne se fonde.
En vain on en appelle au passé rajeuni;
Ridicules efforts! L'obscurité profonde
Couvre le sol ingrat qui ne fut pas béni.

Où vont-ils ces rêveurs, dans leur course inquiète,
Qui jettent à tout vent la parole ou l'écrit,
Ces apôtres sans nom, sans rayon sur la tête,
Et qui ne recevront jamais le Saint-Esprit?

Sur toute vérité lançant leurs anathèmes,
Fermant les yeux au jour, du ciel précieux don,
Ils tombent, embrouillant systèmes et systèmes,
De Luther à Babeuf, de Voltaire à Proudhon!

L'avenir! l'avenir! — C'est le Christ que le monde
Adore à deux genoux dans sa splendeur féconde,
Qui nous légua le prix des maux qu'il a soufferts,
Et dont les bras cloués ont arraché nos fers!

Oh! la lumière sainte à son tour sera faite
Sur l'œuvre du sectaire et sur le faux prophète :
Déjà l'expérience et les jours ont passé
Sur leur verbe menteur à tout vent dispersé ;
Bientôt l'homme, entassant dilemme sur dilemme,
Relèvera son front fatigué du problème,
Et vous serez connus, misérables jongleurs,
Dont l'infernal mensonge a coûté tant de pleurs!
De vos fausses lueurs à la fin dégagée,

Que la vérité brille, et votre œuvre est jugée !
Mais à nous, que faut-il pour hâter ce moment ?
Honneur et loyauté, courage et dévoûment !
Il faut que nos regards s'attachent sur le temple :
Il faut que, des hauteurs où notre œil les contemple,
Les chefs du sacrifice, une croix à la main,
Nous disent : En avant ! — et montrent le chemin !

Vous l'avez bien compris, athlète infatigable,
Qui, jurant au mensonge une guerre implacable,
Toujours prêt à la lutte, et plus grand chaque fois,
Nous donnez le signal du geste et de la voix ;
Vous, l'élu de l'honneur, dont le mâle génie
Foulant aux pieds sarcasme, outrage, calomnie,
Montre aux persécuteurs ameutés sous vos pas
Un intrépide front qui ne se courbe pas !
Vous qui, tranquille et fier au milieu des orages,
Consolez nos douleurs, ravivez nos courages,
Qui nous apparaissez, dans notre abattement,
L'âme pleine d'espoir et de rayonnement !
Vous qui continuez, descendu dans la lice,
L'héroïque combat de l'antique milice,
De ces nobles chrétiens, de ces saints d'autrefois
Dont le monde surpris a reconnu la voix !

Pontife glorieux, dans la tourmente amère,
Armez-nous chevaliers de Rome, notre Mère.
Jetez, jetez toujours, ô guide souverain,
Votre forte pensée en son moule d'airain !
Montrez dans la tempête, et choisi par Dieu même,
Le vicaire du Christ, son image suprême,
Gardant, comme un trésor, l'espoir des jours meilleurs,
Impassible, illustrant son trône de douleurs !
Pâles sous vos regards, les insulteurs à gage
En vain de leur cynisme épuisent le langage :
Versez en nous le feu que Dieu vous accorda,
Répétez-nous le cri sauveur : SURSUM CORDA !

A la parole sacrée
Qui jaillit de votre cœur,
Notre main plus assurée
Saisit l'étendard vainqueur :
Gardien du grand héritage
Dont le Christ fit le partage
En nous nommant ses enfants,
A votre voix souveraine
Nous bondirons dans l'arène,
Nouveaux Croisés triomphants !

Ils ont dit : Dans son suaire
Le Christ repose à jamais,
Et rien à son sanctuaire
Ne le rendra désormais.
Eh bien ! pendant que tout tombe,
Qu'ils entassent sur sa tombe
Pierres sur pierres,... la Croix
De sa racine née au sommet du Calvaire,
La fendra comme du verre
En en touchant les parois !

De ces blasphémateurs superbes
Nous accepterons les défis :
Moissonneurs, nous lirons les gerbes
Dont le grain sera pour nos fils !

Combien, succombant sous le doute,
Ont abandonné sur la route
Et leurs amis et leur drapeau !
Combien, plus coupables encore,
Agenouillés devant la force qu'on adore,
Ont des serfs de la peur grossi le vil troupeau !

O vous, dont le grand cœur fait le nom populaire,
Apôtre bien-aimé de notre nouvelle ère,

Aux faibles égarés si vous tendez la main
Et d'un noble retour enseignez le chemin,
Si vous versez sur eux la parole bénie,
Vous clouez au poteau lâcheté, félonie,
Plats flatteurs du succès, courtisans du hasard,
Pâles adorateurs du peuple ou de César !
Votre voix retentit, et tour à tour éclate
Sur le front de Judas, sur le front de Pilate,
Et vous chassez du Temple, à l'exemple de Dieu,
L'intérêt et la peur assis dans le saint lieu !
C'est à vous que l'on doit le rayon qui console,
L'espérance au front d'or, la force du chrétien;
Vous êtes de l'honneur l'intrépide soutien :
Dans ce siècle qui change à toute heure d'idole,
        Vous passez en faisant le bien !

Septembre 1865.

MICHEL-ANGE

(TABLEAU DE MONSIEUR MAGAUD).

La mano ch'obbedisce a l'intelletto.
MICHEL-ANGE *(Sonnet)*.

Oh! saluons toujours cette époque immortelle
Où tout était si grand, où la vie était belle,
Où tout disait : Bonheur, génie, enchantements,
Où l'artiste, le front plein de rayonnements,
Retrouvait sous sa main de glorieux athlète
L'épée et le ciseau, la lyre et la palette,
Où, dans son atelier et rêvant à l'écart,
Il ne demandait rien qu'un mot et qu'un regard !
Alors il s'élançait pour conquérir le monde,
Car, répandant partout la lumière féconde,

Les Pontifes, gardiens de l'art et de la foi
Disaient à l'art nouveau : Lazare, éveille-toi !
— Quand Rome s'écroulait, piédestal de l'Idole,
Quand Jupiter-Tonnant tombait au Capitole,
Les Pontifes sacrés, héritiers des Césars,
Conservaient noblement le culte des beaux-arts,
Soutenaient de leurs mains les murs du Colisée :
Son enceinte, longtemps d'un sang pur arrosée,
Attestait des martyrs la gloire et la splendeur ;
Rome gardait encor son antique grandeur :
Tous les dieux mutilés sont sortis de la poudre,
Mais les clés de saint Pierre ont remplacé leur foudre ;
La Croix a dominé, quand les jours sont venus,
Les temples de Junon, de Pan et de Vénus ;
Elle a sanctifié dans son vaste domaine
Les glorieux débris de la pensée humaine.
Des vicaires du Christ a retenti la voix :
Rome est reine du monde une seconde fois !
Le splendide rayon qu'un souffle purifie
Monte comme un hommage au Dieu qu'il glorifie :
Que le Pape se nomme ou Jules ou Léon,
Rome régénérée ouvre son Panthéon.
Contre un oubli trop long merveilleuse croisade,
Voyez comme à leur voix se lève la pléiade !

Tout ce qu'aidé de Dieu peut le génie humain,
Sangallo, Cellini, Sansovino, Romain,
Pérugin, Léonard, Raphaël et Bramante,
L'œuvre appartient à tous, colossale ou charmante!
— Noble temps, où la Foi, d'un regard solennel,
Inspirait tous les arts dociles à l'appel,
Où l'esprit, rallumant le foyer et la flamme,
Réveillait ces échos toujours si chers à l'âme,
Où tous ceux qu'en naissant la Muse visita
Demandaient un rayon venu de Golgotha!

Puis, un jour, comme un aigle abandonnant son aire
S'élance, d'un coup d'aile, au séjour du tonnerre,
Un homme qu'ont sacré le Génie et la Foi
Se lève : — Parmi tous il est proclamé Roi!
Il va : — De cent chefs-d'œuvre il dote l'Italie,
Il les sème partout, partout les multiplie :
Le sol inspirateur qu'il parcourt en créant
Tressaille avec amour sous ses pas de géant;
De Florence à Bologne et de Rome à Venise
L'idéal se révèle et l'art se divinise.
Le porphyre, l'airain, le marbre, le granit
Sous sa puissante main tout s'ordonne et s'unit :
Sculptures, bas-reliefs, colossales statues

D'armes, de palliums, d'argent, d'or revêtues,
Mosaïques, parvis, chapelles, nefs, autels
Retentissants de voix et de chants immortels,
Balustrades, frontons, dentelles et guipures,
Arabesques sans fin, aiguilles, découpures,
Flèches touchant le ciel, étoiles d'or, beffroi,
Gigantesques labeurs d'un siècle plein de foi,
Œuvre aux âges suivants par cet âge laissée,
Au dedans, au dehors écrasent la pensée :.....
Dans ses songes de feu la grande idée a lui,
Et le monde étonné s'incline devant lui !

Il va toujours, il va : — Jules-Deux fait un signe,
Car dans son rêve immense il a dit : Au plus digne!
Alors plus de repos : — Moïse après David,
Et tel qu'au mont Sina le peuple l'entrevit,
Moïse ouvrant les flots, apaisant la tempête,
Exhalant l'hymne saint que l'univers répète,
Le plus grand, le plus beau, le plus inattendu
Que l'oreille de l'homme ait jamais entendu!
— Nul repos : — Chaque jour s'accroît l'œuvre immortelle ;
Somptueux mausolée ou forte citadelle,
Madones au front pur, aux yeux doux et baissés,
Rois et preux chevaliers sur leur tombe affaissés,

Dont le jour vient frapper l'immobile paupière
Et qui semblent prier de leurs lèvres de pierre ;
Temples, dont le génie a couvert les parois,
Palais, arcs triomphaux, Christ embrassant sa croix ;
Puis, sur un pan de mur, effroyable mystère !
Sa main reproduisant l'enfer, le ciel, la terre,
Les générations sortant de leurs tombeaux,
Sépulcres entr'ouverts, suaires en lambeaux,
Sombre et rouge lueur qui sur tout se projette,
Terreurs de Josaphat, éclats de la trompette,
Sanglantes visions, cris, épouvantements,
Des damnés convulsifs affreux rugissements,
Remords tardifs et vains et désespoir stérile,
Derniers jours qu'ont prédits David et la Sibylle !

Le géant ne s'est poi   tout entier révélé :
Jules-Deux, Léon-Dix et Paul-Trois ont parlé :
A Bramante le plan et la première pierre,
Lui, jette dans les airs le dôme de Saint-Pierre,
Rome, mère immortelle, a vu son plus beau jour,
L'univers ébloui s'incline avec amour
Car le génie humain a trouvé son étoile !
— Il fait vivre le marbre, il anime la toile ;
En colonnes les blocs fouillés par le ciseau,

Découpés en feston, arrondis en arceau,
Dans leur jet gracieux montent jusqu'à la frise :
L'impossible est vaincu, la matière est soumise :
A tous les arts rivaux qu'on admire à genoux
D'un signe Michel-Ange a donné rendez-vous !

A d'autres voix encor sa grande âme palpite :
La Muse de Pétrarque à son tour le visite,
Car, le front dans sa main, à la brise du soir,
Entre deux monuments il aimait à s'asseoir ;
Là, vers capricieux, paroles cadencées
En mètres confidents de toutes ses pensées
Revêtaient de couleurs, de parfums, de rayons
Ses rêves infinis, ses aspirations.

Mais d'ennemis il voit Florence enveloppée :
Il saisit aussitôt l'arquebuse et l'épée ;
Son nom et sa valeur enfantent des soldats
Comme aux jours de Tyrtée et de Léonidas.
Ailleurs sont maintenant sa pensée et ses veilles :
De la main qui peupla son pays de merveilles
Il défend en héros les chefs-d'œuvre sacrés,
Les travaux immortels par Dieu même inspirés,

Repousse l'étranger, délivre la patrie,
Après Dieu, plus que l'art vénérée et chérie ;
Puis, poëte-soldat, artiste-chevalier,
A de nouveaux trésors ouvre son atelier !

A LA GUILLOTINE

S'il est besoin de la guillotine, nous ne reculerons pas.

(Un orateur au Congrès).

On a parlé de guillotine : nous ne voulons que renverser les obstacles. Si cent mille têtes font obstacle, qu'elles tombent, oui : mais nous n'avons que de l'amour pour la collectivité humaine.

(Un autre orateur).

I

Salut, ô monument d'infamie et de gloire,
Piédestal des martyrs qui s'élançaient vers Dieu,
Toi, dont le nom s'écrit sur l'airain de l'histoire
    En lettres de sang et de feu !

Salut ! car la beauté, la vertu, le génie,
Poëtes, peuple, grands, femmes, guerriers et rois,

Chacun t'a visitée et chacun t'a bénie
   Comme on bénit ta sœur, la Croix!

C'est Chénier qui, venu du doux pays d'Homère,
Voit ses beaux rêves d'or par le fer abattus;
Malesherbes-le-Juste offrant au victimaire
   Ses quatre-vingts ans de vertus!

Roucher, pour ses enfants, l'épouse qu'il adore,
Laissant un doux adieu par la muse inspiré;
Lavoisier demandant pour l'art un jour encore....
   Un jour vainement espéré!

C'est Bailly, dont le nom eut son jour populaire
Et qui te contemplait, tranquille, sans effroi,
Quand, à travers les flots de haine et de colère,
   Il tremblait.... mais tremblait de froid!

C'est Marie-Antoinette, une femme, une reine,
Qui, changeant en autels les hideux tombereaux,
Et gardant dans les fers sa grandeur souveraine,
   Versait des pleurs sur ses bourreaux!

Et c'est Elisabeth, la sainte de la France,
Qui, comme Jeanne d'Arc, ange de nos aïeux,

Le front pur et serein, rayonnant d'espérance,
    Reprend sa place dans les cieux!

Tout ce que nous avons d'âmes encor loyales,
Laboureurs et soldats, prêtres, vierges, savants,
Et les têtes du peuple et les têtes royales,
    Et poëtes aux cœurs fervents;

Enfants, vieillards (la mort égalise leur âge),
Tous sont bons pour mourir, tous bons pour l'échafaud!
Au triangle d'acier, au crime qui l'outrage,
    Nulle vertu ne fait défaut!

Eh bien! nous l'acceptons l'héritage de gloire!
L'exil, la calomnie et les lâches affronts,
Glacière du Comtat et bateaux de la Loire,
    Rien ne fera courber nos fronts!

II

    Le sang! immortelle semence!
    Alors la victoire commence
    Avec la sublime démence
    Des martyrs marchant devant nous,

Nobles soldats morts pour l'idée,
Sauvant la nouvelle Judée
De leur foi céleste inondée,
Et morts sans ployer les genoux !

Elle était grande, cette époque !
La vertu sacrait l'échafaud ;
Jamais la Muse qui l'invoque
N'approcha plus près du Très-Haut !
L'échafaud radieux s'élève ;
Incessamment tombe le glaive ;
Chaque jour, chaque heure il enlève
A la terre un élu des cieux :
Dieu veut que l'œuvre s'accomplisse ;
Ainsi la croix, honteux supplice,
Devient de l'avenir l'étendard glorieux !

III

Salut, monument d'infamie !
Salut, monument de grandeur !
Réveille la France endormie
Avec le fer de l'émondeur !
O sainte et nouvelle hécatombe !

Que tout s'ébranle, que tout tombe,
Dans l'obscurité de la tombe
Lazare se réveillera :
Le Christ étend la main sur le drap mortuaire
Il déchire le lourd suaire ;
Au fond de ce vaste ossuaire
S'allume le flambeau qui nous éclairera !

. . . .

. . . .

IV

. . . .

Ah ! vous voulez, surgis d'une impure sentine,
Dans le creux des pavés rasseoir la guillotine,
Du poteau-voyageur qui dominait nos fronts
Epouvanter encore et les champs et les villes,
Et faire encore un signe à des bourreaux serviles
Pour retailler le monde, atroces bûcherons !

Si Dieu tient en réserve un jour expiatoire,
S'il vous laisse un moment la force et la victoire
Qui nous rendraient Marat et ses exécuteurs ;
Septembriseurs abjects, Jacobins émérites,

Pourvoyeurs d'échafauds, ténébreux hypocrites,
Idiots assassins, ignobles délateurs ;
S'ils versent sur le sol leurs masses débordées,
Oh ! nous leur promettons quatre-vingt-neuf Vendées !

Qu'ils chantent leurs exploits sur un mode infernal,
Nous, qui savons par cœur Tacite et Juvénal,
Nous ferons un appel à la foule trompée
Et nous leur répondrons par le droit de l'épée !
Si de leur main félonne ils soufflètent la Croix,
Nous nous rappellerons le plus saint de nos droits !
Si l'un d'eux, par malheur, rêve QUATRE-VINGT-TREIZE,
Le sol s'entr'ouvrira, sol de sang et de braise :
De par la liberté, l'odieux charlatan
Ira joindre aussitôt Abiron et Dathan !

        Novembre 1865.

A BOSSUET

(Lu en présence de Monseigneur Dupanloup, évêque d'Orléans,
le 16 février 1866).

Per quem Relligio manet inconcussa, Sacerdos!
SANTEUL *(poeta christianus)*.

Il fallait le grand règne à ta grande parole!
J. REBOUL *(à Pierre Corneille)*.

Oui, de tous les mortels aux lèvres inspirées
Que le Seig   choisit, guides des jours nouveaux,
    Poètes aux lyres sacrées,
Philosophes, docteurs aux glorieux travaux;
    Oui, depuis que les saints prophètes
    Pleurant sur le monde et ses fêtes
Ont tu leur grande voix, — toi seul es sans rivaux!

Tu jetas un regard sur la terre où nous sommes,
Et ton cœur répéta ces longs gémissements
Qu'Adam même exhalait dès les commencements :
     Tu compris, ô pasteur des hommes,
     Ce triste et lugubre concert
Aux lambris du palais, aux tentes du désert !
     Alors, secouant la poussière
Qui couvre, lourd linceul, l'homme matériel,
Tu soufflas sur ces os, nouvel Ezéchiel.
A l'âme rejetant l'enveloppe grossière
     Tu dis de regarder le ciel !

     Ainsi que de sa petitesse
     Tu lui parlas de sa grandeur,
     Tu compatis à sa tristesse,
     Et lui dévoilas sa splendeur :
     Tu montras dans le passé sombre
     Le mal nous couvrant de son ombre
     Et Dieu venu pour nous bénir ;
     Puis, par un double et saint mystère,
     La douleur conquérant la terre,
     L'âme conquérant l'avenir !

Maître, quand tu parus à ton tour dans l'arène
Remplissant l'univers de ta voix souveraine,

Dans un nuage épais, à l'horizon couché,
Le soleil du grand siècle était encor caché :
De ce siècle géant, de l'œuvre qu'il a faite
Quelques rayons à peine avaient doré le faîte,
Car, trop faible et timide encor, le jeune roi
Aux peuples étonnés n'avait pas dit : « A moi ! » (1).
Mot puissant qui réchauffe, et relève, et féconde,
Qui devait du chaos faire jaillir un monde
Et grandir d'âge en âge, aux regards éblouis,
Ce siècle reflété dans les yeux de Louis !
— Partout le jour rayonne : — Et l'âme des Corneilles
Sur cette ère qui naît sème encor ses merveilles ;
Courageux dans leur but, Molière et Despréaux
Des pédants ameutés deviennent les fléaux ;
Le malin La Fontaine et le divin Racine
(Poëte au nom de qui tout poëte s'incline)
Méditent leurs chefs-d'œuvre, immortels monuments !
Tout est gloire, bonheur, génie, enchantements !
Le Nôtre a les jardins, Lebrun a les batailles
Et s'il peint les héros, il les peint à leurs tailles ;
L'art s'élance d'un bond, offrant du premier jet

(1) C'est en 1661, à la mort de Mazarin, que le jeune roi répondit à ceux qui lui demandaient à qui s'adresser dorénavant : « A moi ! » — Ce mot ouvrit le siècle de Louis XIV.

La campagne au Lorrain et le marbre à Puget;
La vérité qui frappe et qui jamais ne loue
Dans les temples sacrés tonne avec Bourdaloue,
Puis, d'une voix plus douce, ainsi qu'un pur rayon,
Dans tous les cœurs émus glisse avec Massillon.
— Montausier, Sévigné, Mabillon, Malebranche,
Sources dont le cristal encor sur nous s'épanche;
Et Turenne et Condé, race de demi-dieux,
Voilà de Bossuet les amis glorieux!
— Et lui, dont le regard plonge dans les abîmes
Pour en faire sortir tant de leçons sublimes,
Instruit les fils du peuple et les enfants des rois
Et les convoque tous à l'ombre de la croix!

Oh! sous un beau soleil splendeurs épanouies!
Quand nous reviendrez-vous, grandeurs évanouies?

Maître, que ferais-tu dans notre siècle mort
Qui perd avec la foi la crainte et le remord,
Où les sages, noyés dans des systèmes sombres,
De la nuit de l'erreur épaississent les ombres;
Où les folles clameurs d'un monde corrompu
Remplacent l'hymne saint, hélas! interrompu;
Où l'égoïsme règne, où les nobles pensées

Par la dérision sont aussitôt brisées;
Où de tout ce qui fut rien ne reste debout,
Où la vertu s'éteint, où le vrai se dissout;
Où, de notre folie effrayant corollaire,
Les mots changeant de sens marquent la nouvelle ère?
Le bien chancelle et meurt sous le mal abattu,
La vertu devient crime, et le crime vertu !
O maître ! — Si demain, échappé de la tombe,
Tu venais assister à ce siècle où tout tombe,
Comme, les yeux en pleurs, le cœur plein de frissons,
Tu ferais retentir tes terribles leçons !
Prêt à recommencer ta splendide carrière
Tu jetterais d'abord un regard en arrière,
Et reprenant ton œuvre où la mort la brisa,
Tout ce que ton génie un jour prophétisa,
Souffles impétueux, calamités, orages,
Météores sanglants, chaos, débris, naufrages,
Les trônes emportés, les nations en deuil,
Tout ce qu'entrevoyait ton sublime coup d'œil,
Paraîtrait devant toi comme autant de fantômes,
Et tu verrais encor républiques, royaumes,
Peuples, soldats, tribuns et monarques puissants
Engloutir dans la mort leurs bruits retentissants !
— Tu ne parlerais plus de Memphis et d'Athènes :

Que nous font leurs héros, leurs dieux, leurs capitaines?
Les fautes, les malheurs, les gloires, les revers,
Sont notre histoire à nous, celle de l'univers!
— Réveille de ta voix la débauche endormie,
Sur les calamités pleure avec Jérémie,
C'est nous! — Que ta grande âme aux instincts glorieux
Suive l'aigle romaine et son vol dans les cieux,
C'est nous, c'est encor nous! — Qu'une chute profonde
Comme un coup de tonnerre épouvante le monde,
C'est nous encor! — Voici l'échafaud de Witt-Hall
Et de la royauté le dernier piédestal,
C'est nous, c'est toujours nous! — O quels peuples antiques
Ont égalé nos maux et nos gloires fastiques!
— Des reines d'Albion célèbre les malheurs,
Poëte, abîme-toi dans d'immenses douleurs,
Mais tourne tes regards vers la reine de France!
De son enfant-martyr raconte la souffrance,
Lui, qui fut libre au jour où, le saluant Roi,
La mort lui dit aussi : « Capet, éveille-toi! »
Raconte ce qu'alors on aperçoit d'étrange :
Le pays est frappé du glaive de l'Archange,
Il voit tout s'engloutir, lois, sciences et mœurs,
Il se remplit de sang, de haines, de clameurs,
Et sur son noble front la hache promenée

Fauche sans nul repos la France moissonnée;
Puis, rhéteurs de la mort, nos maîtres radieux
Montent au Capitole, — et rendent grâce aux dieux!

Mais, respirant enfin et traversant la gloire,
Sublime illusion, baptême expiatoire,
Fidèle au souvenir et les yeux inondés,
Tu redemanderas le dernier des Condés!
Alors, épouvanté d'un sinistre présage,
Prêtre des anciens jours, tu voiles ton visage;
Perdu dans la hauteur des contemplations,
Ne pouvant égaler les lamentations
A nos calamités, pleurant notre agonie,
La grandeur de nos maux accable ton génie,
Tu gardes le silence, — et rentres au tombeau
Moins noir, moins désolé que ce jour sans flambeau!

Mais prie au moins pour notre France :
Tu vis ses soleils éclatants;
Prie au moins pour sa délivrance.
Que ta voix devance les temps :
Naguère, noble souveraine,
De l'univers elle était reine,
Elle peut l'être encor demain;

Son œuvre n'est point accomplie,
En vain son étoile est pâlie,
L'ombre s'efface et se replie
Au premier signe de sa main !

Courage ! — Le seigneur ne l'a point condamnée
Et son front orageux plane sur l'avenir !
Elle sera fidèle à cette destinée,
Puissante par le souvenir !

Artistes et soldats, prêtres saints et poëtes,
Endormis dans la mort s'éveillent à la fois,
Et s'adressant au ciel ils calment les tempêtes
Expirant aux pieds de la Croix !

Ils sont là, — nobles cœurs, phalange glorieuse
Dont le nom immortel se prononce à genoux,
Étoiles aux feux purs, pléiade radieuse,
Et Bossuet plus grand qu'eux tous !

A MONSEIGNEUR DUPANLOUP.

Oh ! la France est féconde en gloires immortelles !
Les générations se les lèguent entre elles ;
Un grand homme jamais n'y fut sans héritier :
— Bossuet, Monseigneur, n'est pas mort tout entier !

AU SAUVAGE DU VAR

———

Homme sage, homme heureux, que la raison inspire,
Qui sais, dans les déserts, te créer un empire,
Qui, chaque soir, t'endors, puis, te réveilles roi
Sans charte ni budget, sans ministre ni loi,
Brave stoïcien, sublime solitaire,
Conquérant des forêts, Robinson volontaire,
Tu fais bien ! — Car jamais, depuis que, de ses mains,
Le Seigneur a pétri le premier des humains,
Depuis qu'Adam laissa, s'égarant dans sa trace,
La malédiction sur le front de sa race ;
Non, depuis que, debout, sentinelle de Dieu,
Veille aux portes d'Eden l'ange au glaive de feu,

Jamais plus de dégoût, depuis les premiers âges,
Ne monta de leur cœur jusqu'aux lèvres des sages !
Ah ! si l'obscurité, le silence des bois
Te fesaient regretter tes ennuis d'autrefois,
Si tu voulais encor respirer en ce monde
Les émanations de notre fange immonde,
Comme nos lois, nos mœurs, et surtout nos progrès
Hâteraient ton retour vers tes chères forêts !
— Va, ne les quitte point : l'oubli, la paix et l'ombre,
Nous te les envions, — car notre ciel est sombre,
Le sol semble trembler sous nos pieds chancelants,
L'air est tout imprégné de miasmes brûlants,
Tandis que sous le pin, le chêne ou le mélèze,
Tityre provençal, tu respires à l'aise !

— Donc, je ne te dis point : Laisse ton paradis,
Viens revoir un instant tout ce que tu maudis,
Tout ce qui t'envoya dans les forêts voisines
Boire l'eau de la source et manger des racines:
L'effort serait trop grand, je ne l'exige pas :
Suis-moi par la pensée, et suis-moi pas à pas ;
Tu comprendras bientôt avec quelle largesse,
Plus qu'à tout autre, Dieu t'accorda la sagesse,

Le plus grand, le plus beau, le meilleur des présents :
Tu lèveras vers lui des yeux reconnaissants !

— Je ne puis suivre ici d'ordre chronologique,
C'est un tohu-bohu : ma lanterne magique,
Peu magique pourtant et sombre quelquefois,
Jette un bien triste jour sur tout ce que je vois :
Qu'elle aille du Sénat aux courses chevalines,
Des chapeaux exigus aux vastes crinolines,
Des vers de Belmontet aux chants de Thérésa
Dont un peuple badaud si longtemps s'amusa,
Elle répand toujours une teinte blafarde
Sur ce siècle insensé qui se grime et se farde,
Et je crirais en vain, afin de t'émouvoir :
« Vous allez voir, Messieurs, ce que vous allez voir ! »
Devant tant de grandeurs, puisque l'on se prosterne,
Et puisque tout est masque, à quoi bon ma lanterne ?
Je l'éteins : — ton esprit pénétrant, ingénu,
Au désert retrempé, verra mieux à l'œil nu.

— Viens donc : le temps est beau ; viens, assistons aux courses :
Paris est la cité de toutes les ressources ;
Viens : — Allons voir l'acteur que Paris proclama
Plus puissant que Baron, et Lekain, et Talma.

— Sa tête a triomphé d'un quart de centimètre :
Hourrah pour le cheval ! et bravo pour le maître
Qui, grâce à son jockey gagnant un million,
De Paris, tout un an, sera le vrai lion !
— Leurs cheveux de renfort et leurs nattes postiches
Bien plus qu'en tes forêts te feront voir des biches :
Prends garde d'avoir l'air d'un Russe ou d'un banquier,
Elles sont le chasseur, tu serais le gibier ;
Dans l'épaisseur des bois si l'on court après elles
Pour courre l'homme, ici, les biches ont des ailes ;
Leurs *Mémoires*, un jour, à des cuistres dictés,
Feraient rire de toi les lecteurs hébétés.

— Et maintenant, veux-tu prendre place au théâtre,
Nous cacher au milieu de la foule idolâtre ?
— Oh ! la scène française ! — Elle avait, de ton temps,
Et de nobles succès et des jours éclatants,
Lorsque Rachel passait, ou martyre ou lionne,
Des plaintes de Pauline aux fureurs d'Hermione ;
Quand Racine et Corneille, orgueil de nos aïeux,
Dans leur toute-splendeur revivaient à nos yeux,
Prêtaient des mots divins, fécondant leur domaine,
A tout ce qui ravit, relève l'âme humaine,
Et nous rendaient, à nous penchés vers leurs autels,

Rome, Athènes, Solyme, en des vers immortels !
— Il n'en est plus ainsi de nos jours : — une mode
D'un genre un peu moins beau, mais beaucoup plus commode,
Remplace avec amour les merveilles de l'art
Et flatte mieux les sens d'un public égrillard :
Champmêlé, Lecouvreur, Clairon, Raucourt et George
Souriraient forcément aux pièces qu'on nous forge
Et, pour gagner de l'or, dans leur nouvel orgueil,
Lèveraient le pied droit à la hauteur de l'œil !

— Tout s'enchaîne, se suit, et bientôt le langage
A nos nouvelles mœurs apporte aussi son gage,
Et chacun à son tour invente cet argot
Que ne parla jamais Hun, Goth ou Visigoth.
Tu n'y comprendrais rien : — Le bagne ou la taverne
Nous impose ses lois, partout règne et gouverne :
C'est, sur notre français, noble raffinement,
Le plus hideux patois greffé hideusement !
Paquet de vieux haillons qu'à nos yeux on secoue,
Vocabulaire fait et de sang et de boue,
Langue de Bossuet, de Pascal, de Rousseau
Où nos grands chroniqueurs ont apposé leur sceau,
De Voltaire indigné qu'on plagie et mutile
Imitant le cynisme et non jamais le style;

Et qui font demander, vendeurs d'orviétan,
Quel est le plus stupide et le plus charlatan !
— Cher sauvage, jamais du moins à tes oreilles
Ne pourront parvenir des sottises pareilles,
Bastien et les *Agneaux*, *Lambert* et le *Sapeur*,
Ta sœur, la *Femme à barbe* et le chant du *Soupeur* !

. . . .

. . . .

— J'allais continuer, car la matière abonde,
Sans limite, sans fin, sale, nauséabonde :
Les grands juges, assis sur leur haut tribunal,
Faibliraient, — fussent-ils Gilbert et Juvénal !
— Et je t'aurais parlé de la littérature
Qu'au siècle de lumière on nous jette en pâture,
Mémoires orduriers, romans d'estaminet
Qu'Alceste, franchement, eût mis au cabinet,
Vers bourbeux et malsains, refrains de femmes folles
Plus ou moins ciselés par des plumes frivoles,
Par ces rimeurs traînant, vils objets de dégoût,
L'art dans les mauvais lieux et la Muse à l'égout !
Puis, livres sérieux, plus coupables encore,
Qu'un faux air de talent de temps en temps décore,
Œuvre d'un myrmidon qui se croit un géant
S'il brasse la matière et chante le néant !

Hypocrite sceptique ou franchement athée,
La force seule est sainte et par lui respectée ;
Pour lui, dans ce bas monde, il n'est point de milieu :
Prosterné devant l'homme, et — debout devant Dieu !

— Oh ! je t'aurais fait voir par quel triste prodige
Notre France autrefois si noble..... Mais que dis-je ?
On m'apprend que toi-même, ennuyé des déserts,
Du silence des bois et du calme des airs,
Reniant ton bonheur et ta philosophie,
Tu prêtes ta figure à la photographie !
Que même, malheureux ! on te voit à Toulon !
— Qui sait ? — Peut-être bien, un jour, dans un salon,
De la société reprenant l'esclavage,
Gandin en habit noir..... Je te plains, ex-sauvage :
Si tu ne comprends plus ces grands bienfaits de Dieu,
Pauvre fou, je te plains, et je me tais.... Adieu !

— 1864. —

AVRIL 1866

Que t'importe Fouché de Nantes
Et le prince de Bénévent !
Les belles mouches bourdonnantes
Emplissent l'azur et le vent.

VICTOR HUGO.
(Les Chansons des Rues et des Bois.)

Lord Palmerston est mort, Garibaldi chancelle,
Sur les pauvres duchés l'ouragan s'amoncelle,
Rome a scandalisé la feuille de Bertin
Et le *Siècle* a mangé deux prêtres, ce matin.

La terre a repris sa jeunesse,
Tout charme le cœur et les yeux ;
Que le jour meure ou qu'il renaisse
Tout est embaumé sous les cieux.

Monsieur de Girardin va rentrer en campagne ;
Sauvestre, Havin, Labbé, que l'Esprit accompagne,
Et qui livrent au Pape un combat incessant,
Font miroiter aux yeux leur style éblouissant.

    La terre qui se transfigure
    Revêt ses plus beaux ornements;
    Le printemps sourit : la nature
    Est pleine de rayonnements.

Depuis près de trois mois les chambres assemblées
Sous le poids des discours gémissent, accablées :
Belmontet interrompt toujours avec fureur,
Et hurle, à tout propos, son VIVE L'EMPEREUR !

    Zéphyre joyeux sur les roses
    Se promène d'un air distrait,
    Et leur dit de charmantes choses
    Dont elles gardent le secret.

Les jeunes *libéraux* de Bruxelle et de Liége
Chantent la Guillotine, insultent le Saint-Siége :
Le franc-maçon s'agite et se glisse partout,
Et le libre-penseur..... ne pense pas du tout !

La fleur humide de rosée
S'épanouit dans le vallon,
Et de sa corolle irisée,
Fait une coupe au papillon !

Quand verrons-nous finir ces fades saturnales,
Ineptes plagiats des plus tristes annales ?
Quand le bon sens vainqueur, au signe de sa main,
Verra-t-il sots et fous balayer le chemin ?

Ah ! pour nous consoler des hommes,
Du bruit qu'ils font et qu'ils feront,
Ils nous faut rester où nous sommes...
Tant que les roses fleuriront !

UNE NUIT

A LA BIBLIOTHÈQUE DE MARSEILLE.

(Lue dans la séance offerte par les sociétés savantes de Marseille à MM. les
Membres du Congrès Scientifique d'Aix, le 23 décembre 1866.)

———

Quand je m'ensevelis dans la Bibliothèque
C'est sur les livres vieux que je mets hypothèque :
Pour les livres nouveaux j'en trouve assez ailleurs
Qui parfois ont la vogue — et n'en sont pas meilleurs.
Je feuillette du doigt, notant sur mes tablettes
Bien des trésors perdus dans les œuvres complètes ;
J'obéis au démon dont je suis obsédé,
Et Guillaume Postel, et Guillaume Budé,
Vatable, Casaubon, Juste-Lipse, Turnèbe,
Ces morts — pour moi vivants — s'échappent de l'Erèbe

Et viennent tour à tour me donner un salut,
Car où trouveraient-ils un autre qui les lût ?
Lentement, goutte à goutte, en vrai bibliomane,
De l'érudition je distille la manne,
Et j'oublie un moment, grâce au jaune vélin,
Garibaldi, Bismark, et Florence et Berlin !

— Un soir, que j'opérais mes fouilles d'antiquaire,
Je ne vis pas, caché du bibliothécaire
(Ce n'était pas Méry, ce n'était pas Autran),
Que l'aiguille avait fait tout le tour du cadran :
Le front lourd et penché sur l'abbé de Marolles,
Submergé par son flux d'inutiles paroles
(Il s'agissait, je crois, d'un classique romain),
Le livre, un peu massif, échappa de ma main ;
Bientôt — telle une fleur sur sa tige s'incline,
Ma tête doucement tomba sur ma poitrine ;
Quelques rares lecteurs, *in gurgite vasto*,
Sortirent, : — Je restai tout seul, incognito ;
Comme à l'Académie on dit que le bonhomme
Dormait, moi, dans un coin, je poursuivis mon somme.

— Tout-à-coup (la pendule avait sonné minuit),
Dans la salle déserte il s'élève un grand bruit :

Je bondis en sursaut, et d'abord sans comprendre
Comment, là, le sommeil avait pu me surprendre :
J'eus presque peur, l'esprit encore tout courbé
Sous la prose et les vers de mon pesant abbé.
Je me levais, honteux de cette défaillance,
Mais à tout ce fracas succéda le silence,
Silence entrecoupé par des chuchotements
Tels que dans une ruche aux sourds bourdonnements.
Je cherche en vain la porte et les corridors sombres,
D'un essaim devant moi je rencontre les ombres,
Telles qu'en vit Ulysse aux bords du Phlégéthon,
Livides revenants que réclame Pluton !

— L'un d'eux, le plus pédant et le plus diaphane :
« Ce vivant, quel est-il ? Quel est donc ce profane
« Qui vient insolemment, sans respect, sans remords,
« Violer le repos et le secret des morts ? »
Se détachant du groupe, un autre qui s'approche
Lui dit, d'une voix douce et d'un ton de reproche :
« Oh ! je le reconnais ! il était bien ainsi !
« L'ATTILA des auteurs, on le retrouve ici ;
« Mais grand Scioppius, savant atrabilaire,
« Les morts ont-ils le droit de se mettre en colère ?
« Prends garde à Scaliger !..... » Huet n'acheva pas :
La foule fantastique accroît à chaque pas,

S'appelle, se rassemble avec des cris de joie ;
Je crus d'abord des Thugs qui rencontrent leur proie,
Mais c'était simplement la curiosité
De savoir d'où venait cette témérité
Qui troublait, au milieu de tous les poudreux tomes,
Les nocturnes ébats de ces doctes fantômes.
Mon premier protecteur, Huet, me dit tout bas :
« Vous tombez parmi nous au grand jour des sabbats ;
« Deux ou trois fois par an la Bibliothèque ouvre
« La vieille reliure à fermoir qui nous couvre ;
« Libres, nous en sortons, de même qu'un portrait
« De son cadre fixé sur le mur descendrait,
« Et, tout comme autrefois, nous faisons une orgie
« De rimes, de science et de pédagogie :
« Analystes, rhéteurs, philosophes en *us*,
« Français, Hébreux, Latins, Grecs, sont les bienvenus.
« Ecoutez !..... »
                    En effet, il s'élève un murmure
Pareil au vent du soir dans l'épaisse ramure :
Montaigne, d'un air fin, souriait à Muret,
Calme, Saint-Evremond poliment discourait,
Conrart, le plus habile à tenir la balance,
Rêvait Académie et gardait le silence ;
Petit-maître pédant, Costar, contre Balzac

En défendant Voiture, insultait à Girac,
Et les sept Vossius cherchaient un adversaire.
Méziriac, penché vers l'évêque d'Auxerre :
« Discrètement, voici combien de contre-sens,
« Juste, ni plus ni moins : Deux mille quatre cents ! »
Et le bon Amyot : « Merci, grand Aristarque ! »
Et son regard cherchait partout le cher Plutarque.
Ramus, Naudé, Peiresc, d'Ablancourt, Guy-Patin
Discutaient en hébreu, sanscrit, grec et latin
Sur un mot de Platon, d'Hésiode ou d'Horace,
Tandis que, l'œil en feu, le doux père Garasse
Poursuivait de ses cris Viaud, Pasquier, Charron :
« Monophile impudent ! O Thersite ! O Larron !... »
Il eût continué, sans un éclat de rire
Décoché comme un trait des lèvres d'un satyre,
Un rire tel qu'Homère en prêtait à ses dieux :
« De par la hart, tais-toi ! Tais-toi, moine ennuyeux,
« S'écria Rabelais ! — Ici-bas, on oublie ;
« Moi, curé de Meudon, je vous réconcilie,
« Escorcheurs de françois, prosateur, rimailleur,
« Je vous absous : — Allez, et buvez du meilleur ! »

Et de l'orage ainsi tomba la violence ;
Du moins, pour un moment, on fit un peu silence,

Et l'on n'entendit plus des pédants glorieux,
Hérissés de latin, de grec, et, furieux
Dans l'argot de leur temps se jeter à la tête
Et l'injure sordide et la grasse épithète.
La scène prit dès-lors un aspect plus humain :
La Fontaine et Maucroix se tenaient par la main,
Chaulieu disait des vers à son ami La Fare,
Mais, s'avançant bientôt avec grande fanfare,
Un Gascon, un Normand, Cyrano, Scudéri
Allaient recommencer ce beau charivari,
Chez ses concitoyens chacun cherchant un aide,
L'un, l'abbé Boisrobert, l'autre, La Calprenède,
Quand Erasme : « C'est trop ! O spectres, arrêtez !
« D'avance, mes amis, je vous ai tous chantés ;
« Je vous prophétisais, car j'ai fait votre ELOGE,
« Mais vos noms aujourd'hui dorment au nécrologe,
« Nous ne sommes plus rien ! — Orgueil, rivalité
« Sont noyés à jamais dans les eaux du Léthé ! »

Puis, Scarron à son tour : « Foin de l'académique !
« Vivent mon ENÉIDE et mon ROMAN COMIQUE !
« Et pour sceller la paix, sans souvenir humain,
« Formons tous une ronde en nous donnant la main ! »

Alors, vous eussiez vu ces fantômes, ces ombres
S'élançant à la fois des recoins les plus sombres,
Graves, légers, chacun selon son attribut,
A la fête des morts apporter son tribut !
Comme pendant la nuit, quand le vent siffle et gronde,
On entend les rumeurs d'une infernale ronde ;
Savants aux cheveux plats, poëtes chevelus
Allaient et revenaient comme un flux et reflux.
Condorcet essayait des pas mathématiques,
Saint-Amand se livrait aux essais fantastiques,
Malherbe froidement traçait un menuet,
Villon sautait la corde, et Chapelain suait !
Ris convulsifs, sauts, bonds, gestes, valse affolée,
Danse macabre, cris, effroyable mêlée,
Farandole lugubre, horrible tournoiment,
Sabbat, qui me jetait dans l'épouvantement !

Oh ! que je regrettais ces paisibles lectures
Qui ne font plus subir de pareilles tortures !
Car les temps sont changés : — Poëtes et savants
Se sont tendu la main dans leurs cultes fervents ;
Ils marchent vers leur but, en se donnant pour gage
La fleur d'urbanité, la grâce du langage,

Et, fraternellement, saluant le progrès,
Pacifiques lutteurs, illustrent les congrès !

Je disais. — Mais le jour était près de paraître
Et je tenais les yeux fixés sur la fenêtre,
Quand un rire strident, satanique, moqueur
Et que tous les échos répétèrent en chœur,
Sonore, aigre à la fois, qui fit trembler les vitres,
Sur la table boiteuse ébranla les pupitres,
De même qu'un cheval dont on serre le mors,
Arrêta *subitò* ce carnaval des morts :
Au milieu d'eux surgit une étrange figure,
Maigre, pâle, ridée et de bizarre augure,
Dont le large *rictus*, hideux et grimaçant,
Semble fait pour lancer un blasphème incessant.
Nul n'ose regarder la face décrépite,
Chacun, au nom fatal, court et se précipite ;
Son rire fut le champ du coq, — car un rayon
Glisse, et hâte la fuite et la dispersion
Comme aux jours qu'on réserve aux grandes balayures !
Abri sacré, chacun rentre en ses reliures :
— Puisse-t-il y rester silencieusement
Et ne plus en sortir qu'au dernier jugement !

Enfin, redevenu tranquille et solitaire,
Pour la première fois je rends grâce à Voltaire,
Jurant, — car je ne peux y penser sans frémir, —
Quand j'irai lire là, de ne plus m'endormir !

———

DISCOURS SUR LE BON SENS

L'homme de *bon sens* est celui qui a assez de jugement et d'intelligence, pour se tirer à son avantage des affaires ordinaires de la société.

GIRARD *(Synonymes françois)*.

Le *bon sens* est d'ordinaire sombre et morne.

LE P. BOUHOURS.

Il est dans notre langue, en grands mots si fertile,
Même dans ses écarts gracieuse et subtile,
Un mot fort peu compris, par chacun répété,
Dont sont fiers le talent et la stupidité ;
C'est le Bon Sens. Voyez ; lisez l'Académie
Sur son recueil de mots deux siècles endormie ;
Elle dit (la routine est tout son horizon),
Que *c'est juger suivant une droite raison !*

19

Mais le génie a tort d'accepter la monnaie
Dont aussi bien que lui l'imbécille se paie ;
N'entendez-vous pas dire à des sots florissans :
« Si je n'ai pas d'esprit, du moins j'ai du bon sens ! »
Ainsi vous acceptez la phrase décevante
Dont le premier venu sans hésiter se vante,
Dont il peut s'emparer sans gêne, sans orgueil,
Et qu'il tire toujours de son étroit recueil !
Vous, qui de ce troupeau ne faites point partie,
Vous qui savez penser, pas tant de modestie,
A d'autres laissez donc ce titre glorieux,
Il n'est pas fait pour vous, et vous méritez mieux.
Les sots avec succès font leurs apothéoses,
Mais qui donc ici-bas créa les grandes choses ?
Serait-ce le Bon Sens, dont le triste compas
Trace un cercle inflexible et marche pas à pas ?
Si vous avez le temps, voyons, ouvrons l'histoire
Et faisons-lui subir un interrogatoire :
Vous savez tous combien un fait est éloquent,
Comme il est à la fois vrai, logique et piquant !

Alexandre à vingt ans ne rêve que conquête,
De trônes à briser déjà se met en quête ;
Sur tout peuple debout quand son vol s'abattit,

Le monde à ses désirs paraissait trop petit ;
Il part pour renverser et fonder des royaumes,
Quelle insigne folie ! avec trente mille hommes !
Il parcourt l'Univers, et sur tous les chemins,
Noble triomphateur, il sème à pleines mains
Tous les trésors de l'art, monuments, colonies,
Commerce florissant, coutumes rajeunies,
Villes qu'il ne détruit que pour les rebâtir,
Thèbes, Arbelle, Issus, Persépolis et Tyr,
C'est ce qu'en peu de jours enfante son génie
Et ce que Boileau nomme *une injuste manie !*
Poëte, historien méditant le passé
Suivent l'aigle vainqueur, le sublime insensé !
A l'accomplissement d'impossibles prodiges,
On croirait que la Fable a mêlé ses prestiges,
Et l'homme de *bon sens*, calculant chaque pas,
Avec naïveté dit : Je ne comprends pas !

Mais laissons les héros et les fastes antiques ;
De notre histoire à nous les pages sympathiques
Nous offriront assez d'immortelles grandeurs,
Elles éclateront dans toutes leurs splendeurs ;
Alexandre et César, et Sparte, Rome, Athènes,
Ces exploits, ces héros, ces dieux, ces capitaines,

Dans la tombe endormis depuis deux fois mille ans
Ne domineront point nos fronts étincelants,
Car la France a vaincu la Grèce et l'Italie
En instincts glorieux, en sublime folie,
Et ce n'est pas toujours une austère raison
Qui de tant de hauts faits enrichit son blason.

Voici venir à nous la vierge de Lorraine
Avec son long martyre et sa gloire sereine;
L'Anglais règne partout, l'Anglais est à Paris,
Il foule notre sol et nos lauriers flétris;
Et la France bientôt, cette terre promise,
Va recevoir ses lois des bords de la Tamise;
L'étranger est vainqueur, le saint drapeau des lis
Sur sa hampe brisée abandonne ses plis,....
— Une femme se lève et demande une épée,
Elle crée en un jour sa sublime épopée,
Des soldats abattus elle fait des géants,
Elle marche à leur tête et délivre Orléans,
A son roi prisonnier elle rend la couronne,
Et, quand sur le bûcher la flamme l'environne,
De son front ont jailli de célestes reflets,
Car ses derniers regards ont vu fuir les Anglais !
— Eh bien! quand Jeanne d'Arc, la sainte de la France,

Fait ouïr dans les camps un cri de délivrance,
Qu'elle annonce aux vaincus sa noble mission,
Chefs et soldats, chacun rit de sa vision ;
Roi, parlement, docteurs, personne ne devine
L'avenir bouillonnant dans cette âme divine ;
Tous ont fermé les yeux à l'heureuse clarté,
Et certes le Bon Sens était de leur côté ;
Si l'on eût tout remis à son calcul austère
Nous serions maintenant sujets de l'Angleterre,
Et les rois du pays où saint Louis pria
Seraient Elisabeth, Anne, Victoria !

Voyez Napoléon : sa fortune chancelle
Car déjà du Kremlin a brillé l'étincelle ;
L'île d'Elbe bientôt reçoit le conquérant
Pour qui le globe entier n'était pas assez grand ;
L'aigle est emprisonné dans une étroite cage ;
Il brise ses barreaux, il se fraie un passage,
Et du pied repoussant ces arides rochers
Vole jusqu'à Paris de clochers en clochers !
— Les hommes de *bon sens* le suivent dans la nue,
Immobiles, l'œil fixe, et leur âme ingénue
S'étonne, se tourmente en vain à concevoir
Ces inspirations qu'elle ne peut avoir.

Quel autre extravagant, géant de la folie,
Envoyé par le ciel des bords de l'Italie,
Le plus grand des héros et des contemplateurs
S'offre aux yeux étonnés ? — Il s'adresse aux docteurs,
Aux princes, aux savants : partout la raillerie
Repousse avec dédain sa vaine théorie ;
Oui, sur son noble front le génie est empreint,
Mais de ses bras de fer la misère l'étreint,
Et son obscurité se berce de mensonges ;
Il voit dans le lointain, flottante dans ses songes,
Une terre inconnue, un pays riche et beau,
Mais lui, pour se couvrir, porte à peine un lambeau,
Et toujours le génie à l'habit se mesure ;
Il demande de l'or pour rendre avec usure ;
Mais qui peut confier, armes, hommes, vaisseaux,
A celui qui promet des trésors par monceaux,
Qui veut, domptant enfin la fortune rebelle,
Jeter un nouveau monde aux genoux d'Isabelle
Comme aux pieds d'une femme on jette un diamant,
Tandis qu'il erre, hélas ! presque sans vêtement ?
De modestes habits sont de tristes présages !
Mais d'ailleurs, avant tout, on consulte les Sages :
Les Sages répondront, n'en doutez pas ; il faut
Qu'ils ne se trompent point, surtout qu'ils parlent haut :

Ils n'hésiteront point, diront qu'un nouveau monde
Prouverait deux soleils et que la terre est ronde,
Que les peuples qu'on rêve, objets de ces débats,
Les pieds contre nos pieds, iraient la tête en bas.

Géographes, docteurs, professeurs, astronomes
Décident que ce sont de coupables fantômes,
Que ce pauvre rêveur, venu l'on ne sait d'où,
Est un vil intrigant, — ou du moins qu'il est fou!

Et cependant il part : il brave l'impossible,
La mort et les périls inconnus; impassible,
Combat les éléments, les hommes mutinés,
Ces flots que nul navire encor n'a sillonnés;
Aventurier sublime, il parcourt ce domaine
Interdit jusqu'alors à la pensée humaine ;
Il plante, son génie éternisant ses droits,
Sur le sol deviné son épée et la Croix!

Soyons justes pourtant, nous, fils des anciens âges,
Ne nous y trompons pas : les Sages étaient sages;
S'ils ont pu dans les cours faire entendre leurs voix,
C'est qu'ils avaient raison, et raison mille fois.
Croire un monde inconnu, c'était une folie

En dépit du Bon Sens entreprise, accomplie,
Rêve tel que souvent, irritant ses ennuis,
Le génie entrevoit dans la fièvre des nuits;
Oui, c'était un fantôme, une de ces pensées
Que la foule en riant doit traiter d'insensées,
Car pour justifier le sage et le savant,
Mon Dieu, que fallait-il? Un rien, un coup de vent,
Ou quelques gouttes d'eau filtrant dans le navire,
Ou sous les flots dormants un roc qui le chavire;
Et l'Amérique encor serait à découvrir,
A moins qu'un autre fou depuis ne vînt s'offrir,
Docile aux visions que le ciel lui révèle
Et dotant l'Univers de la terre nouvelle,
Sur le Bon Sens vaincu plantant son pavillon,
Dans les jours du passé rendit gloire à Colomb!

Dans tous mes arguments combien je me modère!
Je pourrais vous citer saint Paul et Lacordaire:
Tous deux développant leurs sublimes desseins,
Ont joint au mot *folie* et la Croix et les saints.

Depuis que l'homme est l'homme, à toute grande chose
Le Bon Sens — qui calcule et qui voit tout, — s'oppose;
Depuis Dante, Shakspeare, et le Tasse et Milton,

Que de sa république aurait chassés Platon,
Les poëtes aussi, par surcroît d'infortune,
Sont priés de chercher leur Bon Sens dans la lune,
Et leurs livres pourtant, d'âge en âge transmis,
Sont toute notre joie et nos plus chers amis ;
Du cœur humain toujours éclatants interprètes,
Les poëtes partout furent nommés prophètes,
Et leurs vers inspirés enfantent des soldats
Comme aux jours de Tyrthée et de Léonidas,
Car, conquérant aussi leur place dans l'histoire,
Ils ont revendiqué leur part de la victoire ;
Auraient-ils dans les cœurs fait courir le frisson
S'ils n'avaient obéi qu'à la froide raison ?

Sages calculateurs, restez dans votre sphère,
Rien ne trouble jamais votre calme atmosphère ;
Dormez paisiblement, inconnus, oubliés
Dans l'ombre de vos jours l'un à l'autre liés,
Conservez avec soin votre vie infertile ;
Avec vous rien de beau, rien de grand, rien d'utile :
Ce qui fait le génie et les hommes puissants,
C'est l'Inspiration — et non pas le Bon Sens !

ENTRÉE DE SAINT PIERRE A ROME

Verbum enim crucis.... Stultitia.
SAINT PAUL.
(Epître aux Corinthiens. Ep. I,
chap. 1, vers. 18.)

Un jour, un voyageur tout couvert de poussière,
A peine revêtu d'une robe grossière,
Laissa tomber, assis sur le bord du chemin,
Le bâton à ses pieds et le front dans sa main ;
Il avait aperçu le but de sa pensée,
Car devant ses regards Rome s'était dressée,
Rome des Empereurs, Rome fille des Dieux,
Se baignant dans les flots d'un soleil radieux,
Rome, avec ses grandeurs, ses bruits, ses édifices ;
— Temples, où l'homme à l'homme offre des sacrifices,

Cirques, où court la foule entassée au hasard,
Où d'autres vont mourir en saluant César,
Palais, arcs triomphaux dont la magnificence
De Rome sur le globe atteste la puissance,
Obélisques d'Égypte, et monuments divers
Trésors du Peuple-Roi ravis à l'univers;
Et puis, le Capitole à la splendeur féconde
Affaissé sous le poids des dépouilles du monde (1),
Du monde dont les cris appellent un vengeur....
— Voilà ce qui s'offrit aux yeux du voyageur!

À Rome, les guerriers, les femmes, les poëtes
Prodiguaient à la fois et la gloire et les fêtes:
Sybaris endormie au sein des voluptés
Elle ne savait pas d'autres félicités,
Mais elle retrouvait son antique génie
Et se levait encor, puissante, rajeunie,
Quand le barbare osait d'un signe de sa main
Défier et la louve et l'empire romain:
Les Gaules, et l'Espagne, et l'Afrique, et l'Asie
Au gré de ses besoins et de sa fantaisie

(1) Expression de Chateaubriand : « J'entrevis le faîte du Capitole qui
« semblait s'incliner sous le poids des dépouilles du monde. » (*Les Martyrs.*
— Livre V.)

Épuisaient leurs trésors, prévenaient ses désirs,
De sa vie embaumée amusaient les loisirs;
Et les jeunes Romains drapés de laticlaves,
Entraînant sur leurs pas une troupe d'esclaves,
Promenaient dans des chars leurs superbes ennuis
Ou sur un lit d'ivoire ils allongeaient les nuits,
Dans de riches festins répétant avec grâce
Les soupirs de Tibulle et les chansons d'Horace.
Telle était Rome alors, reine des nations,
Et l'Empire craquait sous les corruptions!
Il n'était plus qu'un droit chez elle : la richesse.
Les sages, du plaisir conseillaient la sagesse;
Chantant la volupté, douce et rapide fleur,
Dans le pli d'une rose ils trouvaient la douleur;
Ils ne connaissaient plus qu'une philosophie,
Celle qui croit en elle et qui se déifie;
De la terre et du ciel franchissant le milieu,
Pontife Souverain, César devenait Dieu!

Oh! comme en saluant la maîtresse du monde
L'étranger fut saisi d'une douleur profonde!
Lui, qui naguère a vu la gloire du Thabor,
Il voit Vénus, Junon, Mars, Jupiter Stator,
Tous les dieux de l'enfer! — Car, par un long blasphème,
                                        20

Alors tout était dieu, tout…. excepté Dieu même ! (1)
Mais d'un rayon d'En-Haut son cœur illuminé
Refleurit à l'espoir, de soi-même étonné,
Car son Maître l'a dit, s'adressant à l'Apôtre :
« Enseignez et prêchez d'un bout du monde à l'autre,
« Mon esprit guidera vos pas dans le chemin. »
— Il se lève, poussé d'un élan surhumain ;
Il prend la grande voie, et sur ses larges dalles
De ses pieds fatigués imprime les sandales ;
Renouant sa ceinture, armé d'un bâton blanc,
Vers la porte d'Ostie il marche d'un pas lent (2).

A la même heure, issu de la Rome ancienne
Varron, fils de consul, de race praticienne,
Heureux, riche, brillant, allait à sa villa

____

(1) Mot de Bossuet, — mot sublime, et si souvent répété.
(2) Pierre était parti d'Antioche avec quelques disciples, tels que saint
Marc, Rufus, Pancrace, Apollinaire, depuis évêques, le premier de Capoue,
le deuxième de Taormina, le troisième de Syracuse, le quatrième de Ra-
venne ; il était aussi accompagné de Marcien et de Martial, qui porta la foi
dans les Gaules. — Pierre s'arrêta quelque temps à Naples, y fonda une
Église, passa par la ville d'Atina, où il logea chez Marc de Galilée, son
compatriote, qui fut le premier évêque de cette ville ; il sema l'Évangile
en-deçà et au-delà de la vallée du Tibre, dans la Campanie, vieille colonie
grecque ; dans l'Étrurie, vieille colonie d'Égypte ; puis, toujours à pied,
il arriva en face de Rome, y entra par le côté sud-ouest des remparts, où
se trouvaient la porte Navale, sur les bords du Tibre, et la porte d'Ostie,
aujourd'hui Saint-Paul. — C'était en 44, sous le règne de Claude.

Que de frais souvenirs sa jeunesse peupla ;
Des amis renommés par l'esprit et la grâce,
Insoucieux échos et d'Ovide et d'Horace,
Le suivaient en chantant sous les pins embaumés,
Arbres mélodieux des poëtes aimés.
— A l'aspect du vieillard, cette troupe rieuse
S'arrête, le contemple, un moment sérieuse,
Quand s'approchant de lui, Varron, d'un ton léger :
« Qui donc t'amène ici ? — Ne crains rien, Étranger ;
« A Rome tu seras sans doute un peu novice,
« Mais je puis te guider et te rendre service.
« Parle, que nous veux-tu ?

                  — Je veux de vos sept monts
« Renverser les autels et chasser les démons,
« Au lieu d'un culte faux et qui les déshonore
« Enseigner aux mortels le dieu que l'on ignore.

— « Par Jupiter ! les Dieux dérangent le cerveau
« De ceux qu'ils veulent perdre, et ton but est nouveau !
« Voyons, causons un peu, ta candeur m'intéresse :
« D'où viens-tu ? de Scythie, ou d'Afrique, ou de Grèce ?

— « Ma race est bien connue, et vous la détestez ;
« Maudits, chassés par vous, longtemps persécutés,

« Enfin, nous obtenons grâce d'un peuple libre,
« Et mes concitoyens sont là, le long du Tibre :
« Je suis juif.

          — Mais ton nom est sans doute puissant,
« Hors même de chez toi, noble et resplendissant?

— « Mon nom était Simon, et maintenant c'est Pierre,
« Pierre du monument qui couvrira la terre.

— « Mais tu dois être grand du moins par tes trésors,
« Leur éclat éblouit le pays d'où tu sors?

— « Voyez ces mariniers qui consument leur vie
« A cet ingrat travail nuit et jour asservie ;
« Comme eux une cabane était tout mon palais,
« Et pour avoir du pain je jetais mes filets.

— « Depuis que Jupiter changea tes destinées,
« Tu sus d'autre manière employer tes journées?
« Tu suivis pas à pas philosophes, docteurs,
« Politiques, savants, et sages, et rhéteurs?
« On t'apprit l'éloquence? — Ou, poëte, ta lyre
« Produira ce prodige?

          — A peine je sais lire !

— « Bon homme, ton projet est assez effrayant,
« Ce Dieu que l'on ignore est donc bien attrayant,
« Puisque, dépourvu d'or, de soldats, de science,
« Tu veux au genre humain arracher sa croyance ?
« Quel est-il donc ?
                — Ce Dieu qui vient venger nos droits
« Et tout régénérer, est mort sur une croix;
« Il a de la douleur épuisé le calice,
« Puis, entre deux larrons, consommé son supplice.

— « Sa doctrine du moins est douce ? — Et les Romains
« Délaisseront leurs Dieux quelquefois inhumains;
« S'il permet le plaisir, si ses lois sont faciles,
« Peut-être à l'écouter serons-nous plus dociles.

— « Il déclare la guerre à vos désirs charnels,
« Aux vices honorés de cultes solennels ;
« Il vient dire aux puissants : Que tout front s'humilie !
« Aux pauvres : Relevez votre tête ennoblie !
« L'homme est l'égal de l'homme, et l'esclave enchaîné
« Est frère de celui qui marche couronné !
« Plus vous êtes monté, plus vous devez descendre !
« Priez, jeûnez, souffrez, couvrez vos fronts de cendre
« Et de la terre au ciel élevez vos regards :
« Femmes, peuples et rois, jeunes gens et vieillards,

« Riches, pauvres et grands, à genoux ! La prière
« Du chaume et du palais a rompu la barrière,
« D'elle-même elle monte, et le Dieu trois fois saint
« Avec un même amour la reçoit dans son sein.
« Donnez aux malheureux, donnez avec largesse,
« Repoussez les conseils d'une fausse sagesse ;
« Aux volontés du ciel résignés et soumis,
« Aimez Dieu qui vous aime, — aimez vos ennemis !

— Ainsi donc, si par moi ta doctrine est suivie,
« D'un ennemi mortel j'épargnerai la vie !
« Puissant, j'abaisserai la grandeur de mon nom !

— « Oui !
　　　　　　— Quoi ! plus de vengeance, et plus d'esclaves ?

　　　　　　　　　　　　　　　　　　　　— Non !

— « Cette belle doctrine est seulement pour Rome ?

— « Elle est pour tous les lieux où l'on rencontre l'homme.

— « Pour longtemps ?

　　　　　　　　— Pour toujours.

　　　　　　　　　　　　　— Oh ! le pauvre insensé !
« Je t'écoute et te plains : mais as-tu bien pensé

« Que pour changer ainsi mœurs, sciences, usages,
« Il te faut les Césars, les riches ou les sages,
« Ou la philosophie, ou l'or, ou le pouvoir?
« Ton intérêt l'exige autant que ton devoir.

— « Aux riches je dirai : Méprisez la richesse;
« Aux sages : Rien n'est faux comme votre sagesse;
« Aux Césars, qu'aux autels vous avez fait asseoir :
« Gardez votre couronne, et quittez l'encensoir;
« Dieu seul est Dieu, Dieu seul est grand, Dieu seul est maître!
« Jésus-Christ est le Dieu, la victime et le Prêtre !
« Vous, chefs des nations, au soleil de la croix,
« Pontifes souverains, vous n'êtes plus que rois !

« Si le divin César, gardien de la patrie,
« Prenant au sérieux ta belle théorie,
« Un jour, pour te répondre, appelle le licteur?

— « Nous mourrons.

                — C'est le mot. — Adroit conspirateur,
« Ta folie a passé toute folie humaine,
« Et j'en amuserai la jeunesse romaine;
« Tout en me promenant, afin de rire un peu,
« Demain j'en parlerai dans le Forum. — Adieu.

« Va, ton œuvre et ton nom seront connus dans Rome.

      (S'en allant.)

« C'est dommage pourtant, il a l'air d'un brave homme ! »

— Pierre continua sa route : l'insensé
Par un souffle d'en haut marche toujours poussé.
Escorté des clameurs d'une foule abrutie,
Une seconde fois sur le chemin d'Ostie (1)
Il passa, — pour mourir ! — (Alors régnait Néron) ;
Mais ses derniers regards aperçurent Varron
Plus radieux qu'aux jours où sa jeunesse folle
Se raillait de l'apôtre allant au Capitole ;
Le noble et beau Varron qu'un licteur précédait
Marchait, le front serein : — Le cirque l'attendait,
Car du pauvre étranger adoptant la chimère
Il renia les dieux de Virgile et d'Homère,
Et, de la foi nouvelle intrépide soutien,
Il s'était écrié : « Peuple, je suis chrétien ! »

Pierre avait eu raison dans sa sainte folie,
Car depuis deux mille ans qu'elle s'est accomplie

_____

(1) L'an 66, sous le règne de Néron, saint Pierre fut crucifié, la tête en bas (d'après sa demande) sur le chemin d'Ostie, le même jour que saint Paul fut décapité.

Les peuples, sous l'abri d'un pouvoir protecteur
Entourent à genoux le signe rédempteur :
Ils savent que par lui la terre s'illumine,
Qu'il nivela les fronts que sa gloire domine,
Qu'arrachant le plus faible aux serres du plus fort
Il renversa des lois d'infamie et de mort.
— Et depuis deux mille ans que Pierre évangélise,
Ainsi qu'aux premiers jours triomphe son Église :
Éternelle leçon des peuples et des rois,
Le Capitole encor s'incline sous la Croix !

L'INDUSTRIE

—

L'Industrie ! — A ce mot chacun prête l'oreille ;
Je n'excitai jamais attention pareille :
Pour la première fois tous les yeux sont ouverts,
Beau succès refusé si souvent à mes vers !
Ah ! c'est que ce grand mot réclamé par la prose
Est bien celui du siècle, en est surtout la chose !
Pourtant examinons s'il mérite à nos yeux
Ce triomphe éclatant, ce renom glorieux :
Je parle en philosophe et non plus en poëte,
Je vole terre à terre et ma lyre est muette

Car si je mets en vers ce logique discours,
C'est qu'ils sont plus aisés — parce qu'ils sont plus courts.

D'abord interrogeons les siècles de nos pères :
Ils vivaient dans des jours riches, joyeux, prospères,
Ils cultivaient les arts tout aussi bien que nous
Et devant le vrai Beau fléchissaient les genoux ;
Leurs mains savaient semer dans son vaste domaine
Les splendides trésors de la pensée humaine,
Mais ils n'ignoraient pas aussi qu'il est un point
Qu'impunément, hélas ! l'homme ne franchit point :
Ils aimaient le repos des foyers domestiques,
Ils confiaient leur vie à ces lares antiques
Protecteurs vénérés de leur calme maison,
Et ne désiraient pas un plus vaste horizon ;
Ils avaient, loin des bruits qu'en courant fait le monde,
L'entretien avec Dieu, la prière féconde
Et l'ange descendu de son bleu firmament
A l'heure de l'extase et du ravissement ;
Ils admiraient, le soir, à leurs yeux dévoilée,
L'illumination de la voûte étoilée ;
Ils comprenaient du Ciel les divines splendeurs
Et leur âme savait sonder ses profondeurs :
Ils ignoraient du gaz les clartés délétères,

Ces volcans de salons, tous ces mille cratères
Inventés par Satan, entr'ouverts sous nos pas,
Qui révèlent des maux qu'on ne soupçonnait pas;
Qui, comme des serpents et sillonnant nos rues
Par ces feux souterrains en tous sens parcourues,
Font voler dans les airs cadavres et maisons !
Le gaz, dont la chaleur et les exhalaisons
Répandant au dehors de brillants luminaires,
Plus bas, brûlent les pieds des arbres poitrinaires,
Et qui les dépouillant de leurs feuillages verts
Ne laissent plus d'abris à nos fronts découverts !

Oh ! mille fois heureux ces temps qu'on nous reproche !
Nos aïeux voyageurs s'embarquaient dans le coche,
Vers le but souhaité se pressaient lentement,
Bien plus sages que nous, faisaient leur testament;
Joyeux, ils embrassaient leurs femmes et leurs filles,
Et le coche plus tard rendait à ces familles
Les pères, les époux que la vapeur souvent
Emporte — et ne rend pas à leur amour fervent.

Mais ces tristes leçons ne nous font pas plus sages;
On ne voyage plus, — on va : — les paysages,

Les montagnes, les bois, les plaines, les châteaux
Assis dans les vallons, couronnant les coteaux,
Et le sommet aigu du clocher qui chancelle
Que le soleil couchant dore d'une étincelle,
Et la croix du chemin et les jaunes moissons,
Et les faneurs joyeux détonnant leurs chansons,
Les pampres verdoyants, les lacs parsemés d'îles,
Les merveilleux trésors de ces fraîches idylles,
Nous ne les voyons plus ! — Comment voir et rêver ?
Dans notre siècle, hélas ! on part pour arriver !
Qu'importent les débris, les créneaux, la colline
Qui vers le doux vallon s'arrondit et s'incline,
Les monuments de Dieu, ceux que nous avons faits,
Du génie ou du ciel les radieux bienfaits ?
Qu'importent le soleil, la lune, les étoiles,
Ce que les nuits d'été renferment dans leurs voiles,
Le soir ou le matin, l'automne ou le printemps ?
Les admirer, bon Dieu ! nous n'avons pas le temps !
Du monde l'Industrie est la grande prêtresse ;
Sur des ailes de feu volons, car l'heure presse,
De Toulouse à Cherbourg, de Marseille à Paris
Lancez tous les wagons, taureaux de Phalaris,
A votre aide appelez la flamme et la fumée ;
La Bourse n'attend pas — elle serait fermée !

Mais tous les voyageurs ne sont pas des marchands,
Il en est qui parfois suivent d'autres penchants,
Ce n'est pas le veau d'or dont la voix les invite ;
Mais alors dites-moi pourquoi courir si vite
Et sur le triste espoir d'un lendemain trompeur
Faire de notre vie un rouage à vapeur,
Précipiter les flots de nos courtes années,
Rapprocher le matin du soir de nos journées ?
Vous sillonnez les champs de rails et de wagons ;
Vivants, vous vous jetez aux gueules des dragons,
Il n'est plus de distance ! — Eh ! pourquoi', je vous prie ?
Pour faire de ce globe une seule patrie ;
Pour que, dans l'avenir, les peuples fraternels
Se donnent en passant des baisers solennels ;
Qu'ils se serrent la main sur les derniers rivages,
Que les civilisés embrassent les sauvages,
Que les enfants de Sem, de Cham et de Japhet
De leur réunion célèbrent le bienfait ?
— Ce rêve est grand et beau ! — Mais oubliez que l'homme
A toujours de son sang engraissé son royaume,
Et que toujours son fer déchira sans pitié
Le pacte noble et saint que signa l'amitié !
— Dès les commencements ils n'étaient que deux frères
L'un fut un assassin ! — A vos vœux téméraires

Si le Ciel accordait pour quelques seuls instants
De vaincre tout d'un coup la distance et le temps,
Le globe deviendrait un vaste cimetière,
D'ossements entassés une épaisse litière,
Et la peste planant sur toutes ces horreurs
Achèverait bientôt l'œuvre de nos fureurs !
Mais à quoi bon, hélas ! parler philosophie
A la vaine raison que l'orgueil déifie ?
Allez, et confiez sans remords et sans peur
Vos mères, vos enfants à l'ardente vapeur ;
Allez, tout est prévu : que le charbon s'allume,
L'eau bouillonne à grand bruit et la chaudière fume ;
Allez, gais voyageurs, et brûlez le chemin,
De l'homme montrez-moi le pouvoir surhumain ;
Allez, et montrez-moi ce que peut l'Industrie :
Qu'importe si, des fous trompant la théorie,
Le wagon enflammé bondit dans un éclair
Et nous lance, brisés, à trente pieds en l'air,
Si notre corps sanglant ou calciné retombe,
Si ses lambeaux en vain réclament une tombe,
Si parmi les débris que heurteront vos pas,
L'œil même d'un ami ne les reconnait pas !
Demain on balaira ce sang et cette cendre !
Quand on monta si haut on ne peut plus descendre ;

Rien n'arrête le siècle en son magique essor, —
— Et les industriels récolteront de l'or !

Nous pouvons, il est vrai, l'orgueil nous le conseille,
Voler en un clin d'œil de Paris à Marseille,
Supprimant la distance et toute station,
Déjeuner chez Véfour, dîner chez Roubion.
Il vaut bien mieux, malgré l'aigreur de ma satire,
De tant de citoyens le terrible martyre
Et des spéculateurs les nobles intérêts,
Que d'enrayer le char du siècle et du progrès !
Donc, agenouillez-vous aux pieds de l'Industrie,
Morne divinité qu'on adore et qu'on prie ;
Guidez vers l'avenir les pas des nations
En supprimant d'abord les générations !

— Mais, j'en atteste ici cette pure lumière,
Les arts n'ont rien perdu de leur splendeur première,
Notre siècle est toujours un siècle intelligent,
Et pour tous il n'est pas le siècle de l'argent ;
Assignez pour prison à nos muses captives
La noirâtre vapeur de vos locomotives,
Une brise du ciel emporte en un moment
La vapeur et le gaz, méphitique ferment !

Non, vos efforts sont vains, non, vous avez beau faire,
La poésie encor domine de sa sphère
L'air que nous respirons, le sol que vous foulez :
Elle règne du haut des orbes étoilés
Et chantera toujours, dans son divin mystère,
Ce que voile le ciel, ce que montre la terre,
Suivant au dernier jour de la création
Et la dernière fleur et le dernier rayon !

VARIA

Sur le Livre de l'Imitation.

Livre d'amour, de foi, d'ineffable mystère,
Divin consolateur de l'âme solitaire,
Seul, il a pu sécher les larmes dans nos yeux ;
L'auteur n'a point laissé de nom dont on le nomme,
Pour que l'homme ignorât si c'est l'œuvre d'un homme
    Ou s'il nous est venu des cieux !

Sur le Poeme de la VENDÉE.

Oh ! que n'ai-je vécu dans ces jours de tempête !
    Aux cris de Foi, de Liberté
    Embrassant l'autel insulté,
J'aurais été soldat au lieu d'être poëte,.....
    — J'aurais fait ce que j'ai chanté !

Sur un médaillon contenant des cheveux du Général E. de Pontevès, blessé a mort, le 8 octobre 1855, sous les murs de Sébastopol.

Oh ! je te garderai, relique glorieuse
Du noble et brave Edmond dans la tombe endormi !
    — O souvenir aimé ! relique précieuse
    Que m'offrit de sa main pieuse
Le père d'un héros, d'un saint et d'un ami !

HÉRODE ET LES MAGES

SUIVIS

DES MAGES A BETHLÉEM

Représentés dans toutes les Pastorales de Marseille.

Personnages :

HÉRODE, roi de Judée,	PREMIER MAGE.
LE MINISTRE D'HÉRODE.	DEUXIÈME MAGE.
UN MESSAGER D'HÉRODE.	TROISIÈME MAGE.
LE GRAND-PRÊTRE.	LES DOCTEURS DE LA LOI.

La Scène représente le Palais d'Hérode.

———

Scène Première.

HÉRODE ET UN DE SES MINISTRES.

LE MINISTRE.

Seigneur, quels noirs soucis, quelles images sombres
Sur votre front royal ont répandu leurs ombres?
Quels malheurs si soudains et quels nouveaux ennuis
Avez-vous entrevus dans la fièvre des nuits?

Avouez-le, Seigneur : quelque vaine chimère
Entretient dans votre âme une pensée amère ;
Tout sourit cependant à vos nobles projets :
Aimé de l'Empereur et craint de vos sujets,
La fortune, la gloire et la magnificence
Ont enfin cimenté votre toute puissance ;
Vous régnez en héros, par la victoire élu,
Respecté de César, ici maître absolu.

HÉRODE.

Ah ! tu ne connais pas le poids d'une couronne,
De combien de soucis la grandeur m'environne !
Hélas ! quelle est ma vie, et combien le pouvoir
A de tristes secrets que tu ne peux savoir !
Ecoute, ami : depuis bientot quarante années
Que mon sceptre des Juifs règle les destinées,
Jamais un jour serein ne s'est levé sur moi
Et je n'ai que des nuits pleines d'un vague effroi.
Hier encore, hier !.. Pardonne, ami (ce rêve
A mon cœur oppressé ne laisse nulle trève),
Dans un songe sans doute envoyé par les dieux,
Hier, ma vie entière apparut à mes yeux,
Avec tout son passé, ses crimes, ses vengeances,
Et ses remords surtout : terribles exigences

Que ne peut conjurer la puissance des rois ;
De mon seul intérêt suivant toujours les lois
Je me voyais d'abord, vision importune,
Dans les camps de Brutus embrasser sa fortune,
Puis, quitter tour-à-tour, courtisan du hasard,
Pour Antoine Brutus, Antoine pour César ;
Toujours par ces calculs mon âme était guidée,
Et j'arrivais enfin au trône de Judée.
Alors du sang des miens cimentant mon pouvoir,
J'oubliai tout, famille, humanité, devoir,
Et ne pouvais calmer, par tant de funérailles
L'inextinguible soif qui brûlait mes entrailles ;
Mes enfants, mon épouse, amis et courtisans
Expiraient tour-à-tour sous mes coups incessants ;
Quand (c'était, tu le sais, à l'heure des ténèbres),
Surgissent devant moi des images funèbres,
Des ossements brisés, squelettes en monceaux
D'où s'échappe le sang par de larges ruisseaux ;
Puis, des spectres affreux, secouant leur suaire,
Avant de retomber au fond de l'ossuaire,
Remplissent de clameurs les murs de mon palais
Que dévorent des feux aux sinistres reflets ;
— Et puis, dans le lointain, une croix rayonnante,
Sur le monde incliné debout et dominante ;

. Éclairait à ses pieds des cadavres d'enfants
Dont l'âme s'élevait vers les cieux triomphants !
— Et moi, dans la misère et dans l'ignominie,
Abandonné de tous dans ma longue agonie,
Le ver de mes remords, que je sentis souvent,
S'unissait à des vers qui me rongeaient vivant !
Aux enfers, une voix formidable et sublime
A dit : l'ÉTERNITÉ !... Puis, s'est fermé l'abîme.....
Je me réveille alors, je pousse un cri d'horreur,
Et tout a disparu.... tout, hormis ma terreur !

LE MINISTRE.

Quoi ! Seigneur, vous croyez à ces tristes présages !
Vous, soldat intrépide et le maître des sages,
Vous croyez que le ciel à ce fantôme vain,
Produit par le sommeil, attache un sens divin !
Ah ! jouissez en paix de la toute puissance ;
Je sais comment, Seigneur, ce rêve a pris naissance :
Les Juifs, dit-on, les Juifs, dans leur abaissement,
Attendent chaque jour un grand évènement :
Un roi naîtra chez eux, prédit par les sibylles,
Espoir menteur nourri par des prêtres habiles ;
Aux yeux de l'univers, les dieux ont adopté
L'empire des Romains et son éternité.....

Scène II,

LES PRÉCÉDENTS, UN MESSAGER.

UN MESSAGER.

Seigneur, trois étrangers, de race orientale,
Et chargés des trésors de leur terre natale,
Arrivent parmi nous : Parcourant la cité
Ils réclament les droits de l'hospitalité ;
Ils portent le costume et le titre de Mages
Et veulent à vos pieds déposer leurs hommages

HÉRODE.

Leur présence me sert, et quel qu'en soit l'objet
Je saurai découvrir leur but et leur projet,
Qu'ils entrent.

Scène III.

HÉRODE, SON MINISTRE, LES MAGES.

HÉRODE.

Voyageurs, quel destin vous amène
Dans ces lieux qu'à soumis la puissance romaine ?
Qui donc vous a frayé des chemins inconnus

22

A travers les pays d'où vous êtes venus?
Il faut que ce dessein devant nous se dévoile.

PREMIER MAGE.

Seigneur, depuis un mois nous suivons une étoile
Que jadis Balaam, de qui nous descendons,
Prédit, et que depuis longtemps nous attendons,
Qui nous montre Celui qu'un siècle au siècle annonce
Et dont avec respect le saint nom se prononce,
Le Sauveur qu'autrefois le prophète entrevit,
Le Rédempteur du monde et le fils de David.

DEUXIÈME MAGE.

Seigneur, où donc est-il ce roi qui vient de naître?
Rendez-vous à nos vœux, faites-nous le connaître :
Depuis qu'illuminant l'immensité des cieux
Nous avons aperçu son astre radieux
Du mystère accompli merveilleux interprète,
Il brille sur nos fronts et jamais ne s'arrête ;
Comme Israël, jadis délivré par son Dieu,
Suivant dans le désert la colonne de feu,
S'avançait, plein d'espoir, vers la douce Judée,
Ainsi vers un enfant notre marche est guidée,

Et nous venons ici présenter à genoux
L'or, la myrrhe, l'encens et les dons les plus doux.

HÉRODE.

Mais cet enfant qui doit, selon votre parole,
Renverser Jupiter debout au Capitole,
Ce roi qui doit régner sur l'empire romain,
Puis, imposer ses lois à tout le genre humain,
Et changer tout-à-coup, renouveler la terre,
Croyez-vous qu'il soit né? Dites, par quel mystère
Un astre étincelant conduirait-il vos pas,
Et d'un espoir trompeur ne vous flattez-vous pas?

TROISIÈME MAGE.

C'était pendant la nuit, nuit paisible et sereine :
La lune avait voilé sa splendeur souveraine;
A travers les buissons et les arbres touffus
S'élevait comme un chœur ineffable et confus;
Le cèdre, le palmier, le pin, le sycomore,
Semblaient rendre un hommage au Dieu que l'on adore;
Les lacs et les vallons, les coteaux et les bois
Unissaient leur murmure et chantaient à la fois,
L'air était tiède et pur, la colline embaumée

Répandait jusqu'à nous sa brise parfumée;
Nous rêvions, — car souvent dans notre heureux séjour
Nous avons une nuit plus belle qu'un beau jour:
Tout-à-coup, rayonnant dans la calme atmosphère
Et sur nos fronts levés vers la sublime sphère
Apparaît une étoile éclatante, et nos yeux
La voient tracer là-haut un sillon radieux :
— Et nous songeons alors aux siècles si prospères
Où Dieu même inspirait la lèvre de nos pères,
Prophètes dont le temps a consacré les noms:
Nous rendons grâce au ciel, et nous nous souvenons;
Car autrefois un homme appelé pour maudire
Contre Dieu lutte en vain, et Dieu lui fait prédire
L'Etoile de Jacob, rejeton d'Israël,
Qui des chefs de Moab renversera l'autel!
Voilà pourquoi, le cœur frémissant d'espérance,
Nous suivons pas à pas l'astre de délivrance
Qui ne doit s'arrêter qu'en face du berceau
Qui porte du Seigneur la promesse et le sceau.

HÉRODE.

Étrangers, croyez-moi : ce brillant phénomène
N'enferme point en lui de cause surhumaine;

Ce signe est incertain, et les traditions
Égarèrent souvent les générations;
Faux oracle, mensonge, illusion, prestiges !
Pour un pareil espoir il faut d'autres prodiges :
Retournez sur vos pas, car vous cherchez en vain
Ce roi qu'on vous prédit, et cet enfant divin.

PREMIER MAGE.

Non, Dieu ne trompe point : ses lumineux oracles
Depuis quatre mille ans promettent ces miracles;
Les siècles sont venus que le grand Daniel
Calcula, jour par jour, avec l'aide du ciel;
Ils sont venus enfin! l'univers le proclame!
Puis, notre cœur ému, l'espoir qui nous enflamme,
Qui nous fait traverser les rivières, les monts,
Qui nous éloigne ainsi des lieux que nous aimons,
Cette voix qui nous parle et nous dit que l'aurore
A l'horizon des temps surgit et vient d'éclore,
Non, cela n'est point faux, non, Dieu ne trompe pas
Ceux qu'il visite ainsi, dont il guide les pas !

HÉRODE.

Appelez de la loi les ministres, les maîtres,
Et les docteurs du peuple, et les princes des prêtres,

Qu'ils expliquent ici, qu'ils ouvrent à nos yeux
De leurs livres sacrés le sens mystérieux.

     (Aux Mages.)

Comment, dans vos pays, régions inconnues,
Les chimères des Juifs sont-elles parvenues,
Et comment savez-vous qu'ils attendent un Roi?

UN DES MAGES.

Dieu dispense à son gré les trésors de la foi :
Nos pères ont connu le peuple de Moïse,
Et l'attente du Christ, d'âge en âge transmise,
Nous trouve préparés au grand événement
Qui vous frappe aujourd'hui d'un tel étonnement.

     (Entrent les Prêtres et les Docteurs.)

Scène IV.

LES PRÉCÉDENTS, LES PRÊTRES ET LES DOCTEURS
DE LA LOI.

HÉRODE.

Docteurs, quel est ce Christ, ce Roi qu'on nous annonce?
Prêtres, que par vos voix la sagesse prononce :
Parlez-nous librement, sans feinte · dévoilez
Le sens de ces écrits à nos yeux aveuglés;

Qu'ils s'ouvrent, que je voie, et que mon cœur adore
Ce Messie attendu, mais dont je doute encore,
Et moi-même j'irai déposer avec vous
Les plus riches présents à ses divins genoux.

LE PRINCE DES PRÊTRES.

Oui, les jours sont venus : le palais, la chaumière
Ont entrevu déjà la splendide lumière,
Dans l'avenir des temps aperçue autrefois
Par Jacob, Isaïe et les Prophètes-Rois ;
Elle va dissiper l'obscurité profonde
De cette nuit fatale enveloppant le monde ;
Muets sur leurs trépieds, vos oracles menteurs
Laissent tomber déjà leurs voiles imposteurs ;
Déjà l'on n'entend plus que la voix des Prophètes
Qui tonne sur l'impie et qui trouble ses fêtes !
Oui, les jours sont venus ! Le monde est attentif :
Ce n'est point un bruit sourd, inconstant, fugitif,
Non, c'est une clameur puissante, universelle :
Un Dieu vient visiter l'univers qui chancelle,
Et l'homme sur la terre, et l'ange dans les cieux
Assistent au grand jour qu'espéraient nos aïeux ;

Ecoutez ces longs cris et ces voix sibyllines
Qui frappent de stupeur Rome et les sept collines !
Dieu va régénérer cet univers maudit,
David et la Sibylle ensemble l'ont prédit.
Du Midi jusqu'au Nord, du Couchant à l'Aurore,
L'homme voit un rayon, le bénit et l'implore,
Ce rayon annoncé depuis quatre mille ans
Par des mortels choisis, aux fronts étincelants !
Les jours sont arrivés, où l'Enfant des oracles
Va sortir radieux du fond des tabernacles,
Fesant entendre au cœur de l'homme racheté
Ces deux mots éclatants : Amour et Vérité !
Au sein des nuits déjà l'on a vu son étoile,
Dieu n'a plus de secret, l'avenir plus de voile ;
L'Empereur a fermé le temple de Janus,
La paix règne partout, et les jours sont venus !

HÉRODE.

Et le nom de ce Christ qui vient pour sauver l'homme ?
Quel est-il ? Quelle ville et quel heureux royaume
A vu naître l'enfant marqué du divin sceau,
Et quel palais splendide a reçu son berceau ?

LE PRINCE DES PRÊTRES.

Son nom, l'ange l'a dit à la Vierge féconde
En annonçant ce Fils, espoir, sauveur du monde :
JÉSUS, le plus doux nom qu'homme ait jamais porté,
Et qui renferme tout : Justice et charité !
— Il naît à Bethléem, selon la prophétie
Qui dans les temps futurs saluait le Messie :
« Bethléem, de Judas la plus humble cité,
« Rayonne de bonheur, de gloire et de clarté,
« Car d'elle sort le chef qui nous réhabilite
« Et qui gouvernera le peuple israélite ! »

HÉRODE.

(Aux Prêtres.)
C'est bien, retirez-vous. —

Scène V.

HÉRODE, SON MINISTRE, LES MAGES.

HÉRODE.

(Aux Mages.)
Vous, mages, dès demain
Suivez l'astre brillant qui montre le chemin,

Allez dans la cité que Dieu même a choisie
Pour berceau de son Fils, du Christ et du Messie ;
Allez, interrogez, demandez cet enfant
Dont l'oracle a prédit le règne triomphant !
Ensuite, apprenez-moi quelle est cette merveille,
A quels bruits inconnus le siècle se reveille,
D'où viennent ces rayons, quel est ce Roi. Je veux
De mon peuple suivi lui présenter mes vœux,
Et, guidé par l'éclat de cette douce aurore
Dont de tous les côtés l'horizon se colore,
Saluer à mon tour, comme un gage certain,
Le berceau qui du monde enferme le destin

(Les Mages se retirent. — Hérode reste seul.)

Scène VI.

HÉRODE SEUL.

Il est donc apparu celui dont la naissance
Nous révèle déjà la gloire et la puissance,
Celui qui doit régner un jour sur l'Univers,
Réunir sous ses lois tous les peuples divers,
A César, aux Romains arracher leur empire !
Les astres, mes sujets, contre moi tout conspire !

Pour conserver mon trône ainsi donc vainement
J'aurais sacrifié maîtres, amis, serment,
Renié les vaincus et flatté la victoire !
Ainsi donc brillerait le jour expiatoire !
Non, si j'ai fait périr famille, épouse, enfants,
Si j'ai tout écrasé sous mes pieds triomphants,
Si l'on tremble partout où ma trace s'imprime,
Irai-je reculer devant un nouveau crime ?

(Après une pause.)

Et si l'on me trompait ? Si les tristes Hébreux
Expliquant à leur gré des livres ténébreux,
Séduits par leurs docteurs et nourris de mensonges,
Bercés d'un fol espoir, croyaient à de vains songes ?
Si ce maître, ce chef qui vient venger leurs droits
Était homme et mortel comme les autres rois ?
Que faire ? — Doute affreux ! Position terrible !
Oh ! comment secouer cette pensée horrible ?
— J'irais à Bethléem saluer cet enfant,
Mais de l'ambition la voix me le défend,
Car que dirait Auguste à qui je dois mon trône ?
Dieux ! quelle obscurité, quelle nuit m'environne !
— Eh bien ! à mon secours, étouffant le remord,
Une nouvelle fois j'appellerai la mort,
Et je resterai sourd, terrible victimaire,

Aux larmes de l'enfant, aux douleurs de la mère.
Que partout, à ma voix, le glaive obéissant
Pour servir ma fureur se baigne dans le sang,
Et pour me délivrer de l'implacable doute
Qu'il joigne à tant de morts celui que je redoute !
L'Empereur à mes mains confia le pouvoir,
Il apprendra bientôt si j'ai fait mon devoir.
Du présage fatal je délivrerai Rome :
Qu'importe désormais le nom dont on me nomme ?
Qu'à l'enfer révolté je serve d'instrument,
Que dans Rama s'entende un long gémissement,
Et que je sois maudit par toute la Judée
Qui verra Bethléem d'un sang pur inondée !
Que m'importent le ciel, l'humanité, la loi,
Si l'Empereur m'approuve, — et si je reste Roi !

LES MAGES A BETHLÉEM

PREMIER MAGE.

Arrêtons-nous : l'étoile a fixé sa lumière
Sur cette pauvre étable, et, quittant leur chaumière,
Par un ange avertis, des pasteurs avec nous
Viennent devant Jésus incliner les genoux :
Aux petits comme aux grands notre Sauveur accorde
De voir le jour de gloire et de miséricorde ;
Il dévoile à nos yeux, célestes messagers,
L'étoile pour les rois, l'ange pour les bergers.
Entrons, car c'est ici que le Christ vient de naître,
Sa présence s'annonce et déjà nous pénètre

23

De cette douce paix que Dieu nous révéla :
Une crèche, un enfant sans berceau !... c'est bien là !
Celui qui sous ses lois réunira le monde
A choisi pour palais cette demeure immonde ;
Celui dont la bonté va guérir tous nos maux
Apparaît au milieu des plus vils animaux ;
Le Rédempteur, l'Enfant prédit par les oracles
Dont le globe étonné redira les miracles,
Le fils de Dieu, le Christ, roi de l'éternité,
Est né dans la misère et dans l'obscurité !
— Vous, que même en ces lieux tant de gloire environne,
Permettez qu'à vos pieds déposant ma couronne,
Adorant vos grandeurs, reconnaissant vos droits,
Je rende le premier hommage au Roi des rois !

DEUXIÈME MAGE.

Seul, vous êtes le Dieu du ciel et de la terre :
Vous venez, ici-bas, victime volontaire,
Abaisser les hauteurs de la Divinité
Et vous charger du poids de notre iniquité !
Oui, vous êtes Celui que jadis le prophète,
Du mal et de l'enfer constatant la défaite,

Prédit, lorsqu'il disait : « La Vierge concevra,
« Du nom d'Emmanuel son fils s'appellera!...»
Qu'importent ce réduit, cette crèche, ces langes,
De misère et d'éclat ces étonnants mélanges ?
— Nous venons adorer dans son abaissement
Celui qui dans les Cieux vit éternellement,
Vers qui l'astre a conduit nos pas, et que le monde
Va reconnaître au jour qui l'éclaire et l'inonde.
— O Christ! je vous salue, et j'apporte en présents
Mes adorations, mon cœur et cet encens
Qui, franchissant l'espace et sa vaine barrière!
Jusqu'au trône éternel monte avec ma prière !

TROISIÈME MAGE.

O Dieu! qui faites grâce et pouviez nous punir,
A notre infirmité vous venez vous unir!
O prodige d'amour dont le regard propice
Nous arrête, entraînés au bord du précipice !
Vous descendez vers nous, et, visible à nos yeux,
Vous fermez les enfers et vous ouvrez les cieux ;
Tous les peuples perdus dans des systèmes sombres
De la nuit du passé vont secouer les ombres,

Et, grâce à ce soleil attendu si longtemps
Rallumer leur pensée à ses feux éclatants;
— O vous, que de leur aile ici couvrent les anges,
Je viens joindre ma voix à leurs saintes louanges,
Et saluer aussi ce merveilleux enfant
Obscur et radieux, sans force et triomphant;
Et tandis que là-haut l'ineffable cantique
Annonce les splendeurs de ce jour prophétique,
La myrrhe et ses parfums exhalés dans les airs
Se mêlent dans l'espace aux magiques concerts!

BILLET DE PRINTEMPS

JOSEPH AUTRAN A GASTON DE FLOTTE.

———

Va, Muse, dont le pied jamais ne se repose
Et se plaît, en courant, à côtoyer la prose,
Va donner de ma part un matinal bonjour
Au poëte-baron relégué dans sa tour,
Qui, d'une double tâche occupant ses journées,
Sait cultiver les fleurs et les rimes ornées !

Te souvient-il de l'âge où tu vins tant de fois
Rêver, dormir une heure à l'ombre de ses bois ?

Tu n'avais, en ces temps de joie et de disette,
Ni toit ni même un arbre où reposer ta tête ;
Tu marchais les pieds nus, sœur des Bohémiens,
Mais, n'ayant pas de champs, tu possédais les siens.
Le jeudi, le dimanche, une fois par semaine,
Tu courais de la ville à son riant domaine,
Au creux d'un doux vallon, maison qui plait à l'œil :
Nobles hôtes, bonjour ! disais-tu dès le seuil ;
Et l'hôtesse aux grands airs, à l'indulgent sourire,
Te prenant par la main, aimait à t'introduire.
L'hiver (car tu bravais alors toute saison),
L'hiver, on s'asseyait devant un clair tison,
Feu de bois odorant glané sur les collines :
Au printemps, on cherchait le buisson d'aubépines,
Et, sous les larges pins au mouvant parasol,
On jasait, heureux groupe, étendu sur le sol.
De quoi, si doucement, causions nous d'heure en heure ?
De quoi ? — De tout objet dont l'âme rit ou pleure :
D'un roman de Balzac, l'avant-veille édité ;
Des vers de Lamartine en leur virginité ;
D'un chant du grand Hugo, qui, charmant ou farouche,
Tout un soir, entre nous, errait de bouche en bouche
Comme la coupe antique à la table des rois !...,.
De quoi donc parlions-nous encore, à demi-voix ?

De nos propres travaux, illustres entreprises,
Et de mes jeunes vers dont s'amusaient les brises!
— Temps heureux, purs loisirs de la Muse aux pieds nus,
Jours de rêves sans fin, qu'êtes-vous devenus?
— Va donc, Muse fidèle, aujourd'hui mieux chaussée,
Retrouver le poëte, et dis à sa pensée,
Dis-lui que si ce temps ne doit point revenir,
Il t'en reste un parfum qu'on nomme souvenir!

(Epîtres rustiques. — VIII.)

LA PLUIE

J. MÉRY A GASTON DE FLOTTE

(A SAINT-JEAN-DU-DÉSERT).

> Gratum agricolis.
> (VIRGILE.)

Les prières au ciel ne sont pas choses vaines ;
Poëte — agriculteur, rendez grâce aux neuvaines ;
Un orage est tombé de l'arsenal divin :
Mai va donc refleurir au murmure des brises,
Nous aurons des pois verts, des fraises, des cerises,
     Du froment, de l'huile et du vin.

Quel bonheur ! cet été si brûlant qui s'avance
Réclamait à grands cris le canal de Provence

Qu'on nous promet, hélas! depuis cent cinquante ans;
Le gazon jaunissait sous les soleils torrides,
Et le sol, entr'ouvert aux crevasses des rides,
          Subissait juillet au printemps.

Le drame pluvieux a duré trois longs actes,
Trois jours nous avons vu tomber des cataractes;
Le péril a troublé mon débile cerveau,
Et, subissant la peur qui sottement conseille,
Je voulais dans une arche enfermer tout Marseille :
          J'ai craint un déluge nouveau.

Du parvis des Chartreux jusqu'à la Cannebière
Les ondes écumaient comme ces flots de bière
Qu'on nous verse, le soir, pendant que nous fumons :
Un seul acteur manquait à cette scène humide,
Le Tonnerre ! — Il a pris un naturel timide,
          Ou s'est endormi sur les monts.

Qu'est-il donc devenu, ce sublime Tonnerre ?
L'a-t-on destitué comme fonctionnaire
Pour avoir mal voté dans la chambre du ciel ?
Aurait-il des éclairs d'une couleur carliste ?
On n'a pas vu son nom sur la dernière liste
          Du bulletin officiel ?

Peut-être Dieu, qu'on dit à l'image de l'homme,
A réduit sa maison et s'est fait économe;
Dieu dépensait beaucoup pour ses foudres d'été :
Ces tonnerres bruyants, effroi de notre ville,
Il les a supprimés de sa liste civile,
       Car son trésor est endetté.

Quel dommage! — On aimait, par pure poésie,
Les entendre, le soir, l'âme toute saisie,
Comme si chaque éclair ne menaçait que nous;
Alors on suspendait quelque nocturne orgie :
L'athée, incognito, rallumait sa bougie,
       Et priait Dieu sur deux genoux!

Or, poëte rêveur, aux peintures magiques,
Vous, qui souvent passez de Dante aux Géorgiques,
Dites-nous si la pluie a fait du bien au sol,
Pour moi, j'affirmerai que ce bien-là m'ennuie,
Car je ne hais rien tant qu'un soyeux parapluie,
       Et j'adore le parasol.

Est-il vrai que cette eau que Dieu verse est utile ?
Le rocher provençal sera-t-il plus fertile ?
Peut-il donc se passer du canal de Bazin ?

Sous votre toit rustique où s'incline la tuile,
Quel augure avez-vous de la vente de l'huile,
　　　De la récolte du raisin?

Pour moi, je le confesse, infime prolétaire
Qui n'ai point obtenu mon contingent de terre,
La pluie est un fléau qui me rend soucieux :
Le cuisant rhumatisme arrive avec l'orage,
Et je n'ai dans le cœur ni plaisir ni courage
　　　Quand le soleil n'est pas aux cieux.

Cependant, en beaux vers, ô notre ami poëte,
Si vous chantez la Pluie avec un ton de fête,
Ma douleur va s'éteindre à votre doux concert;
Car je suis un de ceux que votre chant captive,
Et qui savent prêter une oreille attentive
　　　A la voix qui crie au DÉSERT !

　21 mai 1831.

J. MÉRY A GASTON DE FLOTTE

(A SAINT-JEAN-DU-DÉSERT).

———

Frère, garde-toi bien de croire
Que, dans le fracas de nos temps,
Les noms suivis d'un peu de gloire
Soient des fleurs qui vivent cent ans :

Heureux qui, dans les premiers âges,
Chanta ses vers et chanta seul !
Il mourut grand, et les orages
N'ont pas déchiré son linceul !

Si le vieux Homère ou Virgile
Eût vécu ton contemporain,
On eût fait son buste en argile
Pour économiser l'airain.

Des grands hommes ! — Il en fut mille
Dignes chez nous d'être adorés :
Cherche aux angles de notre ville
Leurs noms sur des marbres dorés !

Si j'étais grand comme un Homère
Moi qui ne suis rien, Dieu merci !
Moi, qui de Marseille, ma mère,
N'attendrai jamais rien ici ;

Je ne voudrais, dans mon envie,
Pour toute gloire et tout concert,
Que deux vers au bout de ma vie
Par toi chantés à ton Désert !

TABLE

TABLE